生命呼吸·当代散文名家丛书

[illegible]陶 著

人民东方出版传媒
東方出版社

烧制汉语

用家乡之火，
炼汉语之词。

目录

甲年

乙年

甲年

烧制汉语

子月

因为敬惜，所以有涌流的回馈

一　巨大背景

即使是写极其微小的对象，心中也要有潜藏的巨大背景。地理的背景。民族的背景。历史的背景。人类、地球和宇宙时空的背景。这样，你所落墨的对象，即使微小，本质也是巨大的，富有力量的。

“我看见了亚洲的表情。”一位年轻的中国电影人说。

由此话，想到：诗人海子的亚洲和太平洋。

内心深处，需要存在大的东西。

长期蜗居于褊狭地方的写作者，因为此点容易缺乏，所以需时刻警醒。

二　一个汉语作家的“写”

谁在写？个人。我。

用什么写？汉字。

写什么？写作资源。人的内在和人的外在，以及，内在和外在的联系。

怎么写？写法。技术。

优秀的写，是什么样的？形式。内涵。

三　母语：汉语

我在逐渐强烈地感受到母语：汉语。

四　因为敬惜，所以有涌流的回馈

汲饮汉语之美。

是的，汲饮。汉语之美是甘凉丰沛的山泉，可以汲——饮。

每一个汉字，追溯其源头，都充满山河的气息，植物的气息，星辰的气息，祖先活动的气息。

汉字是纷繁世界（物质、精神）象形的转述和凝定。色彩、音响、动作、情感，都涵纳于简洁的笔画之中。

拥有汉字，感觉幸福。

想到中国古老的传统：敬惜字纸。

因为敬惜，所以有涌流的回馈。

五　气感强烈

“吾文如万斛泉源，不择地皆可出。”

东坡先生此语，给予我以强烈气感。

六　垫

一本墨青色封皮的崭新笔记本，开始使用，写作我的《烧制汉语》。

翻页过来，左侧太薄，书写不顺，遂用法国哲学家让·波德里亚（1929—2007）的书《冷记忆 1980—1985》（南京大学出版社 2009 年 1 月第 1 版）垫之。

七　语言之马

约瑟夫·布罗茨基（1940—1996）说：“‘驱策’你进入诗歌或文学的是语言，是你的语感，而不是你个人的哲学或政治，甚至不是创作的冲动，或青春。”十分认同。

布罗茨基的另外两句话也很有意思。

A．“散文作家若缺少诗歌创作经验，其作品难免冗长和华而不实。”

B．“人们不知道当诗人转向散文写作时诗歌蒙受的损失，但是，散文因此大大受益却是毫无疑问的。”

八　苏东坡和辛弃疾

苏东坡（1037—1101）写过《赤壁怀古》，辛弃疾（1140—1207）写过《赤壁》。由此同一题材，很容易看出两人之异。

东坡此词结尾是："故国神游，多情应笑我，早生华发。人生如梦，一尊还酹江月。"

稼轩此词结尾是："望中矶岸赤，直下江涛白。半夜一声长啸，悲天地，为予窄。"

"悲天地，为予窄"——英雄困顿无路，稼轩硬顶硬撞，这是典型的外家拳法；"人生如梦，一尊还酹江月"——面对现实压迫，东坡则如太极高手，轻轻侧身一捋，迎面撞击而来的强大力量便顷刻化解。东坡从来是人生问题的化解高手。

九　笛：烈烈男儿之气

而个人仍爱辛弃疾。

中国传统写吹笛，一般都是此种主流情状：或“短笛无腔信口吹”，或“晚风拂柳笛声残”。

而辛弃疾写吹笛，一洗传统，震出新声：“一声谁喷霜竹”；“长夜笛，莫吹裂”——“喷”与“裂”，烈烈男儿之气，扑面而至。

一〇　“一整套的个人风格”

字——句——标点——段落——章节——文章——书籍。“一整套的个人风格。”

一一　武功高手

辛弃疾常读常新。

他看透过去："君莫舞，君不见，玉环飞燕皆尘土。"

他也看穿未来："钟鼎山林都是梦，人间宠辱休惊。"

常常以口语成词，如"有个尖新底，说底话，非名即利。说得口干罪过你。且不罪，俺略起，去洗耳"（《夜游宫 · 苦俗客》）。

常常以引用经典、典故成词，如"进退存亡，行藏用舍，小人请学樊须稼。衡门之下可栖迟，日之夕矣牛羊下"（《踏莎行 · 赋稼轩，集经句》）。

常常以童话成词，如"是他春带愁来，春归何处？却不解，带将愁去"（《祝英台近 · 晚春》）。

辛弃疾确是具有突破之力、开创之功的诗人。他或友好，或藐视，或践踏一切既成艺术法则，如武功高手，进入了自由之化境。他具有极强的消化能力，万物皆为我词所备、所用。执笔在手，举重若轻，墨笔犁开的语词浪花，时时给人有信手拈来、烂漫天成之感。就我个人而言，中国古代诗词史上，还从来没有见过如此活泼泼的个人形象。

"白发多时故人少"；"人影不随流水去，醉颜重带少年来"——均是天才之句。

一二　毁和誉

即使是伟大作品，阅读后的分歧也是如此之大。

譬如针对詹姆斯·乔伊斯（1882—1941）的《尤利西斯》，福克纳（1897—1962）至为推崇：“应当像识字不多的浸礼会传教士看《旧约》一样，要心怀一片至诚。”而博尔赫斯（1899—1986）则宣称：“我认为《尤利西斯》是乔伊斯的一个失败。读他的书，我们只能看到人物的细枝末节，但是，却无法认识这些人物。”

评论任何一个对象，毁和誉总是互相伴随。所以，一个作家的写作，听从自己的内心就已足够。

一三　4000个汉字，一个汉语作家的全部

《说文解字》收汉字9353个；《康熙字典》收汉字47035个；《辞海》（1989年版缩印本）收汉字16534个。

有人做过这样的统计——

《周易》全书18437字（不含标点，下同），用字量1257字；

《老子》全书5635字，用字量816字；

《论语》全书16114字，用字量1365字；

《孙子兵法》全书6150字，用字量768字；

《孟子》全书37244字，用字量1897字；

《庄子》全书67495字，用字量2925字；

《淮南子》全书132932字，用字量3904字；

《史记》全书580171字，用字量4832字；

《红楼梦》全书729636字，用字量4426字；

李白990余首诗作，用字量3560字；

杜甫1500余首诗作，用字量4350字；

白居易3000余首诗作，用字量4600字；

《毛泽东选集》1—4卷，用字量2891字；

《孙中山全集》，用字量2673字。

国家语委曾经公布的常用汉字数量是3500个，其中，2500个常用，1000个次常用。

看来，4000个汉字，就是一个汉语作家的全部。如此公平，都是4000个汉字，就看你创造出怎样的世界。

一四　语言辨识度

李白豪逸，杜甫沉郁，白居易晓白，李长吉诡谲。无数人共用着三四千个汉字，但在优秀作家那里，他们就有功力能够在这公用的几千个汉字身上，深深烙上各自鲜明的个人印记。

此，即为“语言辨识度”。

一五　判断分明

一个作家的信念、操守、沉默的力量以及内心对理想的执着与捍卫，在真正的读者那里，很容易判断得到。

同理，某些写作者满溢的自骄、拙劣的花样、虚弱的内心以及油彩涂抹的表情，无论怎样掩藏，也如在光天化日之下表演，令人失笑。

一六　语言变化如此巨大

对抗通用的公共语言，寻找属于个人的独特语言。

从《论语》，到《水浒传》，再到当代汉语文学，虽然仍是那数千个汉字，但显而易见，语言的变化，是巨大的。

一七　曹操英雄观

曹操（155—220）与刘备（161—223）“盘置青梅，一樽煮酒”。二人对坐饮酒之时，曹操遍议天下英雄，所述英雄观令我印象深刻。

曹操云：“夫英雄者，胸怀大志，腹有良谋，有包藏宇宙之机，吞吐天下之志者也。”

做文学者，亦当有此英雄心。

一八　半埋于泥尘之中的铜雕

当代汉语的境遇：犹如半埋于泥尘之中的铜雕。

写作者的使命之一，就是洗净铜雕，让每一个汉字充分显露出它的能量，包括气息、色泽、味道、质感。

不，不仅是让其显露，甚至还要赋予。

一九　毛泽东的“俯视”

毛泽东（1893—1976）热爱“俯视”。他有自己内在的独特视点。如：“山舞银蛇，原驰蜡象”；“苍山如海，残阳如血”；“五岭逶迤腾细浪，乌蒙磅礴走泥丸”；“万山红遍，层林尽染”；等等。

毛泽东“形象思维”的特征是：大，宏观，气吞千古。确实超迈常人。

丑月

蓝色星球上面

二〇　全新的“孤悬”与“寂寞”

在一本书中看到这样的段落：“太空中见到的地球壮美得令人窒息，但当你背向它的时候，一种莫名的孤独却会瞬间攫住心灵。曾经，和平号空间站的一位美国宇航员在出舱执行完任务后，面对着蔚蓝的地球和茫茫宇宙竟然走火入魔，悬在舱外久久不肯回来，指挥官不得不派人把他强行拖回。事后，这位美国太空人解释说，当他回头看到天地相连的景象时，突然感到自己是如此渺小，一瞬间，仿佛思想和行动都被冻结了一般，不由自主地便想留在那个无边无际的空间里。”

这是一种只有现代人类才感受到的全新而深刻的“孤悬”与“寂寞”。现代天文学和物理学已经明确告诉我们：地球不再是宇宙的中心，太阳也失却至高无上的地位，宇宙中至少存在 1000 亿个星系，而原以为浩瀚无垠的银河系，也不过沧海一粟，只是众多星系中的一个……

人的本质的虚无感，由此产生。

二一　局限

以前在某篇短文中曾经写过：太平洋是摆在我面前的一张巨大、蓝色书桌。

现在思之，这还仅仅只是一种“地球视角”。

若从宇宙角度审察，这张书桌，依然只是“渺沧海之一粟”。

二二　云南东巴纸

土法所造的云南东巴纸，让我看见中国纸的亲切前世。初视粗糙，细辨之下，却细致、精密。特别是成品纸页中清晰混夹的丝缕植物纤维，让我嗅到了凝定着的自然（植物）和人（制作者）的呼吸。

人类发明的纸和文字，记录了人——星空下此一生物——全部的内心。

二三　释名

沈从文（1902—1988）。“从文”这股宿命的力量，拉着这位早年从武的湘西青年，回到“文”的路途。文似乎是弱的，沈从文似乎也是弱的，但这位由楚地贡献给中国文学的伟大作家，却是以柔弱克刚强的典范。是南方的水赋予了他智慧。他以文的如水柔弱，抵抗着命运与时代的莽撞刚强。最终，他是胜者。“亦慈亦让”，是他的形式，“不折不从”，才是沈从文这个人的真正内核。

郭沫若（1892—1978）。沫若即若沫。水上的泡沫，无论在什么样的（时代）洪流里，都是安全的，显眼的——但是，随波逐流的泡沫，终究是轻浅的。

郁达夫（1896—1945）。郁与达，一对矛盾。时代境遇与个人情感之郁，对世情人生的练达和通达，在这位浪漫感伤的浙籍作家身上，交相纠缠。正是在郁与达这对矛盾中，“郁达”之“夫”度过他的一生。

海子（1964—1989）。原名查海生，大海所生的儿子，所以，他是“海子”。难怪，“太平洋”这个很难入诗的名词，也成为他诗歌的关键词。他是太平洋的儿子。他年轻的死，也与海有关：他选择了大海之侧的山海关，自主结束了自己在俗世的呼吸与心跳。

昌耀（1936—2000）。盛大、耀眼的光芒。可以判定的是，随着时间的推移，在中国文学史上，诗人昌耀的光芒，还会越来越强劲。不过，强劲光源的背后，总是漆黑的。漆黑之中，昌耀，这个男人的肉体之上，布满了锈蚀和伤痛。

鲁迅（1881—1936）。迅，按现在的理解，是尖锐的速度，不光仅指鲁氏（周氏）文风，还暗含生命的短促。从汉字的原初意义来辨析，迅，《说文解字》释“疾也”；而“疾，病也，从疒，矢声”。要之，迅，即病来如箭之意。一代文豪与战士的英年早逝，尽在“迅”中？

二四　激动

汉语之中，已经诞生了《周易》《老子》《论语》《庄子》这些伟大著作，已经拥有了屈原、李白、杜甫、苏东坡这些伟大诗人，这令人激动且备感鼓舞。

二五　幻象和幻感

诗贵主观。具体来说，诗美之源，我以为，在于诗中的幻象和幻感。

幻象可细分成：幻视、幻听、幻嗅、幻触、幻味等。

“鬼灯如漆点松花”，“灯上我恍惚遇见这个灵魂／跳上大海而去”，这是幻视。

“羲和敲日玻璃声”，这是幻听。

“黑暗的沙漠布满盐的气息”，这是幻嗅。

“她的目光是坚硬的”，这是幻触。

“乡野的秋天，有烤玉米的焦甜”，这是幻味。

诗中的幻感，是指独特的、个人的主观感受。如：“黎明以前的深水杀死了我”；“漆黑的夜里有一种笑声笑断我坟墓的木板”。

幻象和幻感，只是技术、形式层面的东西，运用它们的最终目的，是展示情感，表现所写对象本质的真实。

二六 “规模远大与综理密微”

读曾国藩（1811—1872）文字，服膺处众。如：“富贵功名皆人世浮荣，唯胸次浩大是真正受用”；“天下古今之庸人，皆以一惰字致败；天下古今之才人，皆以一傲字致败”；“古之成大事者，规模远大与综理密微二者阙一不可”，等等。曾氏其人，确为中国传统文化（儒家）在十九世纪的集大成者，真正所谓既是“办事”人，又是“传教”者。

近世卓绝人物对湘人曾国藩的评判，允为解人之语。

梁启超（1873—1929）评曾：“曾文正者，岂惟近代，盖有史以来不一二睹之大人也已；岂惟我国，抑全世界不一二睹之大人也已。”

毛泽东评曾：“愚于近人，独服曾文正，观其收拾洪杨一役，完满无缺。”

蒋介石（1887—1975）评曾：“曾公人格乃国人精神典范。”

人言曾氏：“曾公貌之过人处，眼作三角形，常如欲睡，而绝有光，身材仅中人，行步则极厚重，言语迟缓。”

二七　博尔赫斯的汉语气息

“他曾计划要到中国去。”博尔赫斯遗孀在答记者问中透露（“孀”，一个女子遭遇人生霜雪）。

博尔赫斯，我很惊讶他的作品转化成汉语之后，依然在字里行间保留有作家个人这么强大的气息。

二八　默读

“夫天地者，万物之逆旅；光阴者，百代之过客。”

重温李白（701—762）。

二九　蓝色星球上面

我们的地球。

年龄：46 亿年。

平均半径：6371 公里。

赤道周长：40075 公里。

表面积：5.11 亿平方公里，其中约 71% 为海洋。

内部灼热，地核温度为 6880℃。

我的脑中，深刻着一幅从月球上拍摄的地球照片：一颗美丽、微小的蓝色星球，孤独无依地，悬浮于漆黑的宇宙之中。

在这颗蓝色星球上面，有植物和动物的生命，有人的哲学、艺术、爱情和种种的梦想。

三〇　一部自沉的汉字册页

繁茂吐香的植物。美丽皎洁的人。梦幻般的河流。各种各样的神灵。

这是曾经的南方的现实。

一部刻满汉字的册页，穿越人事与时光的混沌区域，缓缓地，自沉于植物的香气和水流之中。

三一　中国思想的本质特征

中国思想的本质特征，是变化和关系。

“变化”，即阴阳。“一阴一阳之谓道。”万事万物的变化，都可用阴阳的盛衰消长、互相包孕来概之。

“关系”之说，最显著地表现在“五行”的相生相克上。五行，即中国古代哲学家认为的组成宇宙万物的物质基础和物质特征。五行相生：木生火，火生土，土生金，金生水，水生木。五行相克：木克土，土克水，水克火，火克金，金克木。

三二　中国文化三大宇宙

中国文化研究、探索的领域，私人以为，主要包括三大宇宙：
自然宇宙，如风水、星占；
身体宇宙，如中医、太极；
人事宇宙，如伦理、政治。

三三　“滚滚”

“滚滚”，字形即代表意义，看到这两个汉字，就使人如见黄河长江的汹涌之水。“汉字几乎还是一种完全未开发的材料。”（杨炼）

汉字，既是中国文化的载体和表征，又是中国文化的内涵之本身。

三四　一本等待挖掘的书

黎明

上昼

正午

下昼

黄昏

午夜

——六个章节的标题，是否可以构成一本书？一本等待我去挖掘出来的全新之书？

黎明：初醒。萌芽。一切都有可能的开始。

上昼：缓慢而热度渐强地进入情节。

正午：燃烧。阳光炽烈。巨型战争般的高潮段落。

下昼：赤红的铁。虽然在它的内部，已经开始了冷却的程序。

黄昏：连死亡也显得无比温柔。

午夜：浓黑。不见星月。就在这样的浓黑之中，又在酝酿着全新的开局。

三五　“割舍掉”的内容

意大利导演费里尼（1920—1993）在其电影《罗马》（1972年完成）中“割舍掉”的内容有：

“我们本想拍一场关于夜游的戏；一场罗马对拉齐奥的足球比赛，一个球迷打赌输了得潜水到英雄广场上的喷泉中……关于罗马的女人；关于罗马的夏季风和云……”

“我曾想到要在片中插入一些看起来出自无心的静止画面，幻灯片式催眠的停格：罗马如画的街景、有大喷泉的小巷弄、被庞然阴影切割的庄严大楼荒芜的景象、悲怆但精彩绝伦的废墟、在白天交错的明亮中或夜晚淫荡的紫红中所撷取的影像；无声、没有意义、神秘的画面；动人心弦的非人之美。”

所以，尽管影片已经拍完，在费里尼心中，“我却有连主题都还没碰触到的奇怪感觉”，“罗马，依然纯洁无瑕，跟我拍的关于她的这部电影一点也不相干。我还想拍另外一部，其他的关于罗马的故事。”

所有的对于某个地方的描绘与呈现，都是主观。一千个不同的创作者，就有一千个不同的“罗马”。所以，尽可以自由表述。

你就是你要表现的对象。不管不顾公众的个人。破除一切禁锢的自由。

三六　曹操·曹丕·曹植

“秋风萧瑟，洪波涌起。日月之行，若出其中；星汉灿烂，若出其里。”（《观沧海》）曹操的慷慨雄豪之气，于此毕现。这六行诗句，是处在一个想象中的高位写出，“姿貌短小”的曹孟德的君临之风，猎猎有声。

到其子，文字之气出人意料地急剧变弱。试看曹丕（187—226）之诗：“秋风萧瑟天气凉，草木摇落露为霜。群燕辞归鹄南翔，念君客游思断肠。”（《燕歌行》）再看曹植（192—232）之诗：“愿为西南风，长逝入君怀。君怀良不开，贱妾当何依？”（《七哀》）曹氏兄弟以堂堂男儿之身，竟不约而同地喜用女性视角。

上述父子三诗，都关涉到风，而气局之异，明眼人自可立判。曹操文字也多感伤悲凉之绪，但他的感伤悲凉中始终挟裹有一股振强之气；而其子，则一味沉溺，毫无崛起。有魏一朝，为何只有短短的四十五年寿命（220—265），从曹氏父子殊异的文字之气中，似乎可探原因。

三七　感受中国

鄂豫交界处的太白顶，是地理上和秦岭一起，分辟中国为南、北两部的桐柏山之主峰。

立于巨石裸露的太白极顶，劲风拂膝。个人此刻的视野里，北望，中原浩茫；南眺，楚湘连绵。身侧，有寺曰云台；寺畔，有井为淮井（淮河真正发源处）。群山如波稳固，白云峥嵘翻卷。感受中国。

寅月

我用词语的幻觉……

三八　徐霞客的文字功夫

去江阴前辈徐霞客（1587—1641）故居瞻仰。故居天井内，犹存霞客当年手植罗汉松一株，历四百余年，一人已经无法合抱。

归后翻《徐霞客游记》，醒目之句不断跃入眼帘，如：

> 础石犹伟，已犁为田。
>
> 烧枝炙衣，炊粥而食。
>
> 山花红紫斗艳，山木干霄。
>
> 以所携兰花栽小峰间石台上以供佛。
>
> 是夕，始睹落照。
>
> 巨室鳞次，大聚落也。乃市酒于肆而行。

对照现代汉语，霞客前辈笔下之文，新鲜、传神，又简易、通俗。此文字功夫，令我心服。

三九　想象过即发生过

“魔幻现实主义”的加西亚 · 马尔克斯（1927—2014）这样对自己说过：“凡想象过的，都发生过。”

四〇　两个人说

“在每个词的深处，我参加了我的诞生。”（阿兰 · 博斯凯《首篇诗》）

“我有我的护身符：语词。”（亨利 · 博斯科《风光与景色》）

四一　学习罗布－格里耶

“他的作品始终是围绕着一些画面——记忆、性、梦、巧合、中断、空白、差异、重现或其他不明之物。”

从阿兰·罗布－格里耶（1922—2008）那里，我学习到反叛，学习到组合、拆散或拼装文字，学习到强烈个人化的表达，学习到坚定果敢的自由。

四二　古老的心态，遥远的心态

一位我尊敬的师长、作家给我来信：

“要沉着气，慢慢来，对于艺术而言，这是一个尤其需要慢的年代。需要古老的心态，遥远的心态，需要凝视和专注。”

字字，应镌刻于心壁。

四三　汉字使用三层面

虽然是同样的三四千个汉字，但是不同的人使用它们，效果却如同云泥霄壤。

私人以为，汉字的使用可分为三个层面：

首先是记录交流层面，这是最基本的一个层面；

其次是审美层面，如何把汉字用得舒服、用得好看；

再者是创造层面，用似乎普通的汉字，凭一已之力，创造出一个自我的、崭新的世界，这是使用汉字的最高层面。

四四　字见其人，字见时代

我于书法，心慕鲁人颜真卿。颜真卿（709—784），字清臣。真卿，清臣，名字如其人，真正的奇伟清真君子。

颜氏是“一变古来成法”的开风气者。东晋以来主流的清俊妍美书风，被他突破，颜氏之书，带来了具有盛唐神貌的刚健雄厚、雍容壮伟的新书风。

字见其人，字见时代，在颜真卿身上，最为典型。

颜真卿一生忠烈悲壮，浩气冲天，其人不只为文，其迹更近于武。安史之乱时，曾联络从兄颜杲卿起兵抵抗叛军，被推为盟主，率兵20万，挫败安禄山进攻潼关的计划。公元783年，年逾七旬的颜真卿，被派前往叛军李希烈部劝降，遭囚不屈，终被李希烈缢死。他的书法，正大厚实而刚健雄伟，恰如其人。欧阳修（1007—1072）赞之：“斯人忠义出于天性，故其字画刚劲独立，不袭前迹，挺然奇伟，有似其为人。”此乃字见其人。

丰润雍容、庄重正大的颜体书法，恰好又是唐朝时代精神之体现，一人之书，承载了有唐一代的审美意识和艺术观念。此乃字见时代。

苏轼如是推崇颜氏书法：“故诗至杜子美、文至韩退之、书至颜鲁公、画至吴道子，而古今之变，天下之能事毕矣。”

四五　东坡作文秘诀

东坡晚年被贬海南儋耳时，有江苏江阴人葛延之者，不远万里，“绝海往见”，从东坡游。东坡感其诚，遂教之作文之法：

“譬如市上店肆，诸物无种不有，却有一物可以摄得，曰钱而已。莫易得者是物，莫难得者是钱。今文章，词藻、事实，乃市肆诸物也；意者，钱也。为文若能立意，则古今所有翕然并起，皆赴吾用。汝若晓得此，便会做文字也。”

东坡的作文秘诀。事见南宋无锡人费衮所著《梁溪漫志》。

四六　他

众声喧嚷之世，一位真正的艺术家，总是愿意远远地，一个人。

四七　“一切都存在于我自身之中”

《二十亿光年的孤独》。

印象深刻于日本诗人谷川俊太郎（1931 年出生）处女诗集的书名。

因为孤独，谷川热爱沉默，他说：“语言属于人类，而沉默则属于宇宙。沉默中蕴含着无限的力量。”

某次访谈中，谷川与访问者的一个问答，我认为击中了诗人与诗歌写作的奥秘。

问：如果让您把自己比喻为草原、沙漠、河流、大海、荒原、森林或天空，您认为自己是什么？为什么呢？

答：打个比方说，一切都存在于我自身之中。

四八　三人

王国维（1877—1927）说：“文学上之习惯，杀许多之天才。”

车前子（1963年出生）说：“不伦不类的另一个说法或许就是天马行空。”

高行健（1940年出生）则热爱“自成主张，自有形式，自以为是”。他阐释自己的《灵山》一书：“把游记，道听途说，感想，笔记，小品，不成其为理论的议论，不像寓言的寓言，再抄录点民歌民谣，加上些胡编乱造的不像神话的鬼话，七拼八凑，居然也算是小说！”

四九　灵山慧语

如下“灵山慧语”，可时常默念，日日自省：

日日行不怕千万里，常常做不怕千万事。
有真才者必不矜才，有实学者必不夸学。
不让古人是谓有志，不让今人是谓无量。
心志要苦意趣要乐，气度要宏言动要谨。
有才而性缓定属大才，有智而气和斯为大智。

五〇　我用词语的幻觉……

“我用词语的幻觉……”这是兰波（1854—1891）在《地狱一季》里说过的话。在阅读中遭遇此行文字时，内心有触电般的一震，感觉这是神授的沟通。

“幻觉”，这是兰波诗学的一个核心概念。这既是他的创作原则——其诗歌生涯的终结之作《灵光集》是“幻觉”原则的天才实践，又是他进行诗学评判的可称为是唯一的标准。

兰波自述：“我认为应该成为幻觉者，使自己具有幻觉的本领”；“我千方百计地使自己成为幻觉者”。他以此标准，评判着周围的重要诗人：拉马丁“有时是幻觉者，但却被古老的形式捆死了”；雨果“过于固执，但在他晚年的著作里仍然表现出幻觉的才能……《晨星》一诗差不多可以说明雨果在幻觉方面所达到的高度”；波德莱尔“是第一流的幻觉者，诗人之王，真正的上帝”。（以上引文均见1871年5月15日兰波致保尔·德梅尼信）

“幻觉”，因为这个概念，我确信，我和兰波的手，越过百年时光，握在了一起。

五一　残雪

残雪（1953 年出生）是当代中国作家中少见的、专心开掘“内在世界”的探索者。她的决绝、自信和人类眼光，令人尊敬。她的如下自述，可以见其写作特点：

“对自我挖掘越深，通道就越宽，世界才越大。”

“我追求的是那种非理性的、狂想或冥思的极致。”

“全身心地沉浸在一种说不清道不明的、有点奇怪的时间与空间里头，让笔先行，让自己所不知道的主题自行展开，让自己控制不了的结构自动形成，让每一个词携带另一个世界的神秘气味。”

不过，残雪也并非是完全的“自动写作”，她同样没有舍弃理性：“我的小说是潜意识与理性合谋的产物”；“本能地采用了理性的方法来写非理性的小说”。

五二　两镜头

暮色旧瓷碗里清亮的酱油汤。

破败的灰砖墙旁，一树孤独怒放的白紫泡桐花。

——江南县镇的春天？

五三　破译

沿着笔画的象形根须，感受汉字秘密承载的宇宙人生信息。

五四　“现代主义”与“后现代主义”之对比

美国的伊哈卜·哈桑所列“现代主义”和“后现代主义”之差异，可给写作者提供方法论上的启发。兹举我感兴趣的几例（前：现代主义；后：后现代主义）：

向心——放射

整体化——解构

文类／界限——文本／互涉文本

附属结构——并列结构

读解——误读

所指——能指

宏大历史——微小历史

类型——变体

确定性——不确定性

卯月

江南的父性

五五　重温

重温里尔克（1875—1926）的话，还是这么好：

“你向外看，是你现在最不应该做的事。没有人能给你出主意，没有人能够帮助你。只有一个唯一的方法，请你走向内心。”

“如果你觉得你的日常生活很贫乏，你不要抱怨它；还是怨你自己吧，怨你不够做一个诗人来呼唤生活的宝藏；因为对于创造者，没有贫乏，也没有贫瘠不关痛痒的地方。”

“我们最需要却只是：寂寞，广大的内心的寂寞。‘走向内心’，长时期不遇一人——这我们必须能够做到。”

“它们炫耀一种近似的艺术，实际上却否定了、损伤了艺术的存在，如整个的报章文字、几乎一切的批评界、四分之三号称文学和要号称文学的作品，都是这样。”

五六　江南的父性

江南这块地域的大海元素，长久以来，被人严重忽略。人们见惯的，是其内部的杏花春雨和小桥流水；而那股不停地拍打、摇撼着江南东部边缘的伟大、磅礴的大海力量，则被严重忽略。

他们看不见的，还有火，独自映耀过黑夜、映耀过我，并源源诞生出南国汹涌陶器的灼烫火焰。

被遮蔽的，还有江南的质朴、坚毅与深邃，还有虽饱受磨难、历尽沧桑却始终呈现的生命的勃勃尊严。

江南的父性，或许，我正在写出。

五七　封底的话

黄永玉（1924年出生）在其新著《无愁河的浪荡汉子·朱雀城》的封底，写有这样一句话：

“文学上我依靠永不枯竭的古老的故乡思维。”

五八　雪狮

位于呼和浩特市区的大召（无量寺），气场古老而强劲。

置身于银佛与盘龙的深幽寺内，我深深钦慕于藏传佛教中雪狮的寓意：勇猛，以及，智慧。

五九　一座镇

乘公共汽车去一座小镇。空旷幽暗、只回荡狼狗吠声的茧站。石头缝隙间长满绿草的驼背石桥。已改作私人作坊、有三两老妇在静默地折着纸锭的昔日寺院。已经污染但仍有串条鱼灵活游动的弯曲河流。偶见的丛丛盛放的油菜花和蚕豆花。泡开水的蹒跚老人。在木门内埋头做作业的鲜艳女孩。寂静午后……

这座江南小镇，在我的直觉中，藏满了无数故事，潜存着一本本未被写出的书。

六〇　中华经典的篇幅

《周易》，约五千言（限《周易》本经）；
《老子》，约五千言；
《论语》，约一万六千言；
《孟子》，约三万七千言；
《庄子》，约六万七千言。
总计约十三万言，即为中华文化之儒道源泉。

六一　火焰和大海

就个人而言，江南滋养我的两大元素是：火焰和大海。

六二　江南市镇的神秘

“我进入空无一人的老屋，碗橱里的碗碟还在微微晃动，木门上留着推门时留下的湿手印，似乎刚才还有人在这屋子里，听到我进来就放下手头的活匆匆隐退了。我跑过一间又一间的屋，想追赶那个隐退的人，想看看他（或她，或它）到底是谁？可总觉得那人就离我一步之遥，而在我进入他的空间之前，他又进入了另一个空间。”

友人、作家马汉记述的少年之梦。深含有一种江南老旧市镇的神秘。

六三　冷冰川语录

读冷冰川（1961 年出生）的黑白作品，直观印象是精微纷繁；穿越直观印象，随之感受到的是洁净通透；再仔细凝审，就会发现这些作品的真正内质：清澈的至简。以纷繁写至简，内涵和张力由此产生。

我热爱的冷冰川语录：

“深刻的体验都拙于言辞。”

“艺术最大的秘密就是爱与赤子之心。”

“用一幅作品证明自己的一生。”

“我就是为了背叛规则才热衷于创作的。”

“一切从零开始，尽情地表现你自己。”

“中国文化艺术，人多的地方，最少艺术。”

“艺术里的‘大多数’永远是错误的。”

“一万个时髦也抵不到自己的一个微小的世界。”

“无所畏惧。”

六四 “大体量”作家

我心目中的“大体量”作家有：莎士比亚、麦尔维尔、曹雪芹、罗贯中、施耐庵、兰陵笑笑生、乔伊斯、哈代、托尔斯泰、巴尔扎克、雨果、紫式部、陀斯妥耶夫斯基、罗曼·罗兰，等等。

应该经常翻读一下这些“大体量”作家的作品，以领略气场，体悟精神的强力，感受“文字建筑”所达到的雄伟与恢宏。

六五 高晓声的话

友人、无锡籍作家李鸿声回忆，20世纪80年代初和常州籍作家高晓声（1928—1999）在一起时，高说过的一句话他至今清晰：

“20年之后，苏南的土地，要到水泥板底下去找了。”

目视今日，不得不承认，这是作家的洞见。

六六 “珍惜造化这个最大的老师”

在一本地方内部小刊物上，读到如下一段有关书法的话语，深觉说得好：“书法中最珍贵的是自己的面目，不是单纯地跟古人学技法，不能亦步亦趋，不能跟风。自己的东西不珍惜，那就是对不起天地这个最大的老师……自己是什么？是慢慢地与天地中的大德栉风沐雨而来的，是从潜移默化中来，跟着血液长出来的，一个人到了成年之后，能不能形成自己特有的风格，就说明这个人是否珍惜自己，是否珍惜造化这个最大的老师……”

以上所说，其实何止书法！自我。造化。学习。风格。血液。珍惜。艺术领域的这些概念之间，有错综复杂的关系值得探究。但获得“自己的面目”，应为所有领域艺术家的最终追求与成熟标志。然而，绝大多数的艺术学习者，终其一生，也没有获得自我面目，这是因为，他在学习艺术的过程中，只知“进去”，不知“出来”；更为深层的因素，诚如上述，是他没有“珍惜自己”，没有“珍惜造化这个最大的老师”。

六七　个人理解的汉语特性

首先，汉语既是有限的，又是无限的。为什么说汉语是有限的？因为汉语的主要载体汉字是有限的。而用有限的汉语，即能够对一切物质世界和精神世界进行极其详尽精微的描绘，在此意义上，汉语又是无限的。

其次，汉语既是具象的，又是抽象的。说汉语是具象的，建立在两个基础上：一、承载汉语的汉字，是象形文字，这种文字是具象的；二、如前所述，汉语能够对一切物质世界和精神世界进行具象的描绘。说汉语是抽象的，是因为，诉诸于视觉和听觉的汉语，就像其他任何一种语言一样，终究无法代替语言所指的对象本身，所以汉语的本质是抽象的。不过，这种抽象性反而更加完善了汉语的具象性，所谓一千个读者心中有一千个林黛玉，一千个读者心中有一千个哈姆雷特，正是汉语具象性和抽象性的巧妙融合。

既是有限的又是无限的，既是具象的又是抽象的，所以，汉语是非常富有魅力、具有强大表现力的一种语言。

用汉语写作的人，是有福的。

六八　江南的大海元素

再说江南的大海元素。我识见了大海灌注给江南的气质和空间。我独自沐浴并受熏于此。蓝色大海，它的局部柔弱而顺从；它的整体，浩瀚且具无人、无物能挡的巨大力量。所谓“天下之至柔，驰骋于天下之至坚”。它的颜色，由此成为了我们所置身的星球的表征。

黑暗中的大海，平静，却内力骇人。

我热爱这种大海。这是武艺和文字的最高境界。

六九　《楚辞》关键词

“楚”，双木下面一足，《说文解字》释为“丛木”。从直观的字形来看，楚，即为一方有人活动，充满草木的地域。

我读《楚辞》，觉其中之关键词，无外有三，即：植物、水、人事。

七〇　书法：毛泽东与蒋介石

比较毛泽东与蒋介石的笔迹特征，很有意思。

毛蒋书法，差异若云泥。毛氏书法，正如“润之”二字，浪漫奔放；蒋氏书法，则可用“中正”来判，现实守矩。毛高蹈飞行；蒋脚踏实地。毛汪洋恣肆；蒋静影沉璧。毛笔走龙蛇，舍我其谁；蒋刚峻内敛，严谨有度。毛之字，突出的是一位诗人；蒋之字，显影的是一位儒者。

字如其人，信然。

七一　复苏

红色火焰照耀，使沉睡的记忆复苏。

七二　土地庙联

在江苏高淳漆桥老街，看到一座土地庙的对联：

> 土会生百福，
> 地能纳千祥。

既生，又纳。敬重并崇拜承载我们的土地。

七三　人间缩影

一个优秀的写作者，是将自己的故乡，视为人间的缩影。

辰月

明月在我们头顶

七四　四大菩萨

佛教四大菩萨为：文殊菩萨，观音菩萨，普贤菩萨，地藏菩萨。

友人、作家马明博借四大菩萨之名号，来说明为文之道，甚恰切。

文殊：为文要“殊”，要有独特的风格和个性。

观音：为文者应观听世音，世音包括自然和人生之音。

普贤：文章的终极功能之一，是普及贤理。

地藏：大地，含藏一切，包容一切。写作者应脚踏实地，从大地汲取智慧和前行的力量。

七五 “破”之三义

“读书破万卷，下笔如有神”，对于杜甫此句中的“破”字之义，杨义（1946年出生）的解释，允称全面。

“破”之第一层意思，是破烂之破，因为勤奋用功，将书都翻烂了；第二层意思，是破解之破，不光从形式上翻烂了万卷书，而且对于其中之内容意义，已尽数读懂、破解；“破”的第三层意思，杨义称应解为突破之破，翻烂万卷书，破解万卷书，然后就应从中突破而出，破茧自飞，形成一个崭新的、活脱脱的自我。

“破”字三层意思，可视之为读书的三种境界。

七六　偏居一隅

作家与现实之间的通道，必然是个人的、非从众、非主流的，必然是他人罕至、自己开辟并独行的小道。

十分认同意大利导演费里尼的这句话：“艺术家与现实对话的位置必然是偏居一隅的。”因为“偏居一隅”，所以他所呈示的现实，必然是独特的、自我的，而价值，也正由此凸现。

七七　“明月在我们头顶”

譬如，“明月在我们头顶”，或“一片寂静的山地”，都可以成为一本书开头的第一句话。

正如维姆·文德斯（1945 年出生）所言，他看到的每一张照片，都可以成为一部电影的第一个镜头。

七八　如何写作一个中国城镇

“无法分类的作家”（汉娜·阿伦特语）瓦尔特·本雅明（1892—1940）构想中的巴黎，由如下关键词组成：

1. 拱廊街，时新服饰商店，店员。2. 时尚。3. 古老的巴黎，地下墓穴，破坏，巴黎的衰落。4. 沉闷，周而复始。5. 奥斯曼化，街垒战。6. 钢铁建筑。7. 各种展示，广告，格兰维尔。8. 收藏家。9. 居室，痕迹。10. 波德莱尔。11. 梦幻城市和梦幻住宅，未来之梦，人类虚无主义。12. 梦幻住宅，展览馆，室内喷泉。13. 游手好闲者。14. 知识理论，进步理论。15. 卖淫，赌博。16. 巴黎的街道。17. 回转全景。18. 镜子。19. 绘画，青春艺术风格，创新。20. 各种照明。21. 圣西门，铁路。22. 密谋，手工业行会。23. 傅立叶。24. 马克思。25. 照相术。26. 玩偶，机器人。27. 社会运动。28. 杜米埃。29. 文学史，雨果。30. 股票交易所，商业史。31. 复制技术，石印术。32. 公社。33. 塞纳河，老巴黎。34. 闲散游惰。35. 人类学唯物主义，宗派史。36. 综合工科学校。

叙写或虚构一个中国本土的城或镇，应该如何去做？本雅明的巴黎或可给予启发。

南美作家伊莎贝尔·阿连德（1942 年出生）曾说：“我构建我的祖国的形象时，就像人们玩智力拼图，只择取适合我设计的部分而忽略别的。”

七九　耳目的新鲜状态

午后静寂。出门，围墙另侧，那个昔年资本家园宅内的两棵百年银杏，浓荫墨绿深暗，而漫天的日光亮白。一刻之中，觉夏天已至。奇异的季节感受。

这种时刻，总有类似这样的诗句在脑中回旋："梅子留酸软齿牙，芭蕉分绿与窗纱。日长睡起无情思，闲看儿童捉柳花。"（杨万里《闲居初夏午睡起》）强劲的中国文学语境。这种语境对写作者而言，既是滋养，但更是局限和束缚。作家应时时顽强突破这种局限和束缚，在汲取滋养后，获得个人自己的新鲜耳目感官。就像被钱钟书（1910—1998）称颂过的杨万里（1127—1206）一样，学问深厚如杨万里者，在其写诗一刻，他的耳目，始终保持着原初的新鲜状态。

八〇　卑微的反抗者

从语言学角度看，一切谋求创新的写作者，都只是卑微的反抗者。文学创新，无外乎内容和形式两方面。内容暂且不管，在此单说形式。

罗兰·巴特（1915—1980）讲过两个概念："语言"和"言语"。"语言"是社会性和历史性的，而"言语"则属于个人，它是私有财产。同一时代同一民族的人们生活在同一语言规则的天空下，他们都是语言逃脱不了的臣民。属于个人的"言语"似乎可以由你尽情地胡言乱语，进行言语的"狂欢"——这是你个人的自由。但是，一旦你想走出家门与他人沟通，你的"言语"就必须符合"语言"规则，否则，一味自由、坚持胡言的话，便丧失交流。因此，"言语"实际是不存在的，绝大多数人的个人"言语"只是社会"语言"——看不见的语言也在削平人的个性。

写作者，就是那些努力使自己的"言语"存在的人。但是，对于"语言"的这种反抗是卑微的，写作者的"言语"本质上仍须符合"语言"规则，否则也会丧失交流。譬如，"我在吃饭"这句话，写作者欲创新，他也许存在如许"言语"自由："饭我在吃"，"吃饭，我在"，"在吃我饭"，"我饭在吃"。但他同样没有这种自由："吃在我饭"，"吃我饭在"，"在饭吃我"。突破"语言"规则的纯个人"言语"，历尽孤独嘲讽最后被社会承认，也成为"语言"——拥有这种"言语"的人是写作上的杰出者。写小说的友人阿福说，海明威似乎获得过这种幸福。

八一　脱页的旧笔记本

“巨大的预制场。楼板。沙堆。搅拌机。窝棚内的地铺上民工围坐打牌。酒瓶。城郊：伤疤。伤痕累累的土地。夜的江。‘月恒渡口’。水的触觉。狼狗。对岸零星的红灯。铁驳渡船。鸣声。修水泥堤岸。拖拉机。在泥泞路上的夜里骑车人。荒废的地方。树杈。铁皮烟酒店：供给民工。内里的电视。一只脏的可乐塑料瓶在江边漂。车轮与道路的坚钝摩擦灭掉了江声。为到江边，问了两个人。两个场景。烟酒小超市的女老板。黑暗处油污修车铺内的戴耳机少年。”

——一本已经脱页的旧笔记本中的某段记录。最后没有成文。经由这些文字，多年以前那个夜晚的视、听、嗅、触诸觉，重又清晰再现。

八二　地理感

非常喜欢李白由三峡出川入楚时写的那首《渡荆门送别》：

“渡远荆门外，来从楚国游。山随平野尽，江入大荒流。月下飞天镜，云生结海楼。仍怜故乡水，万里送行舟。”（时年李白约二十五岁）

“山随平野尽，江入大荒流”此句，写尽了长江入楚后，告别群山，骤然开阔之特征，“地理感”十分强烈。

古人“地理感”强烈的诗句，总给我留下深刻印象：“大漠孤烟直，长河落日圆”（王维）；“星垂平野阔，月涌大江流”（杜甫）；“青海长云暗雪山，孤城遥望玉门关”（王昌龄）；“明明上天，烂然星陈”（《八伯歌》）；“八柱何当，东南何亏”（屈原）；等等。可惜，在当代作家身上，此种在大自然的容器与怀抱内的机会与对自然的感受力，正在严重弱化。

陆游（1125—1210）当年由浙入蜀，费时一百六十天，同样路程在今而言，乘飞机两小时左右足矣。一百六十天与两个小时，这种快速便捷的代价，即是类似《入蜀记》这样的好书在今天的彻底丧失。

八三　一个写作真理

海明威（1899 —1961）的 *A Moveable Feast* 的中文译名，我喜欢《流动的盛宴》，而非《不固定的圣节》。“一个姑娘走进咖啡馆……她非常俊俏，脸色清新，像一枚刚刚铸就的硬币。”（汤永宽译文）比喻独特、简洁、准确，典型的海明威风格。

“也许离开了巴黎我就能写巴黎，正如在巴黎我能写密歇根一样。”离开了一个地方才能写那个地方，告别了一种记忆才能写那种记忆，这近乎是一个写作真理。

八四　传统 · 个人

从古老的井里，汲取新鲜透明的汩汩泉水。

中国传统与个人写作。

八五　理解中的散文

理解中的散文，是除韵文之外的一切汉语文章。小说、散文（传统观念上的）、日记、书信、随笔、札记、论文、历史著作、诗话、科学笔记等等，都是散文的子民。

散文是一个古老而伟大的国度。散文的疆域无边无际。但必须清醒的是，散文疆域的无边无际，并不意味着每个散文写作者所拥有的疆域也是无边无际。散文从来是公正的：你的内心有多大，你笔下的散文疆域才有多大。局促者，他的散文如此逼仄；强力者，他的散文气象浑然。

某些历史时期的散文之弱，并不是散文此一文体存在问题，而是写作散文的人存在问题。散文完全具有承载当代复杂现实生活的能力。

八六　公共性质的书，本质是私人性的

世间的书，如恒河之沙。人和书的相遇，需要缘分，需要人的心灵与书的心灵的契合。自己热爱的书，并不沮丧有无数的人也同时在读，因为个人坚信，某一本书，只对真正的热爱者敞开心胸。无数的人貌似在阅读一本书，其实他们与这本书的关系始终只是陌路人，匆匆擦肩而过的陌路人。他们阅读了，但是并没有进入这本书的心灵。

因此，公共性质的书，在本质上是私人性的——书只与少数它的真正读者发生深层的血肉交流。

八七　台湾导演魏德圣

2008年创下台湾华语影史最高票房纪录的《海角七号》，从艺术上客观分析，并无多少特别出彩，反而可说是相当传统，即为日常底层生活蒙一层理想、浪漫、温情的光。《海角七号》的成功，个人以为是出色地写出了大海，写出了特定的台湾地域。酸甜苦辣的日常生活背后，总能让观者感受到美丽大海的存在，感受到和煦大海气息的晨昏渗透。

如果将电影《海角七号》和该片导演魏德圣（1968年出生）在大陆出版的《小导演失业日记》（广西师范大学出版社2009年3月出版）一书互相参看，更有意味。此书是魏德圣拍《海角七号》之前一段生活的日记，一个未成名时的艺术青年的日记。从中可见电影与导演真实生活的若干互渗。读日记中有关日常生活细节的记叙，让人“会心”，感到两岸的生活，并没有因海峡之阻隔而有什么不同：

“丈母娘和妻子都有一点洁癖……为了保持清洁，规定也就多得跟鸟毛一样……为了能在一堆如鸟毛般的规定下求生存，我和丈母娘达成了一个默契，家里归她和妻子管，阳台归我管。”

“如今丈母娘不在，妻子上班，我剧本完成了，想写本小说却写不出来，于是我决定趁中午无人可管的时候放松一下自己。我到市场买了一条五花肉，我模仿原住民烤肉的方式，将五花肉切成数块，丢到锅子里煎烤，只撒上盐巴，再切些蒜。一盘肉。一杯高粱酒。我的午餐。略微烧焦的猪肉在齿间咬出一团油香，再拌上一口蒜，美味极了。

吞下肥油的猪肉后，再含住一小口高粱酒……好舒服啊！”

他从台北回台南老家。“明明回家的目的是借钱，怎么母亲主动开口，我反倒拒绝了。那天晚上，我假意有急事要回台北。我匆忙离家。坐进直达台北的双层巴士上，我沮丧到了极点。我调整座椅，穿上外套，准备入睡时，感觉外套怎么有一块硬硬的，我翻开来看……我当场痛哭……母亲在外套的内里，用透明胶带粘了八千块钱……”

八八　土地与收获的重

青色的、一望无际的有力麦芒，倾斜的、近乎倒伏的结籽油菜——即将收获的大地，在此季，有特别的沉重。一种收获的重。

我想在自己写下的、属于我的书籍中，也拥有这种土地与收获的重。

巳月

河南诞『道』，山东诞『儒』，南方诞『诗』

八九　间接握手

手植。

在江苏省宜兴市的闸口，有苏东坡手植西府海棠一树，至今年年开花。当地文人描述花开盛况："紫云蒸霞，临风袅娜，宛然西子再世；晕匀醉脸，娇艳欲滴，明妃春睡未醒。"

在江西省婺源县的文公山，犹存朱熹手植杉树十六棵，高直入云，蔚然深秀。

多少世纪之后，我在现场，手抚海棠与巨杉，宛然与东坡、朱熹间接握手。一种奇异感受。

九〇　诱惑

红月。

南方书简。

鹤。

中国篮子。

——充满张力和引力的题目，诱惑着你用汉字，去完成它们。

九一　疾速的时空转换

“君不见，黄河之水天上来，奔流到海不复回。君不见，高堂明镜悲白发，朝如青丝暮成雪。”

一种疾速的时间与空间的转换。正所谓“雄逸气象，是为天纵”。

九二　欧阳修的文章术

苏轼《东坡志林》曾记欧阳修所述文章之术：

“无他术，唯勤读书而多为之，自工。世人患作文字少，又懒读书，每一篇出，即求过人，如此少有至者。疵病不必待人指擿，多作自能见之。”

多读，多写，文章优劣便能自判，至理。

九三　问答

问题：怎样活捉非洲狮子?

回答：用一张筛子筛除撒哈拉沙漠的全部沙子，剩下的就是要捉的狮子。

恢宏、新颖的回答。

九四　两种学问理想

《近思录·为学》载："伊川曰：'古之学者为己'，欲得之于己也；'今之学者为人'，欲见知于人也。"

等于是当今的写照！学问的最高理想，应该是为成就自己；而今之巡视，则很容易看出绝大多数的学者，仅仅是追求别人知道自己而已。

古今相较，江河日下。

九五　呓语·撕掉

需要呓语，需要有写完就自行撕掉的心态。

或许，这样能够一点点接近自由，写作的自由。

九六　河南诞“道”，山东诞“儒”，南方诞“诗”

老子，河南鹿邑人；庄子，河南商丘人。

孔子，山东曲阜人；孟子，山东邹城人。

故，河南诞“道”，山东诞“儒”。

而比庄子小二十九岁的屈原，游走在南方的山泽草木之间，故，南方诞“诗”。

九七　写作解放之一

法国人勒克莱齐奥（1940 年出生）说：“作家是寓言的制造者，他的世界不是产生于现实的幻想中，而是产生于幻想的现实中。”

九八　中国思想重镇之南移

看到一则材料，分析中国思想重镇的逐渐南移情况，颇受启发。

宋代以前，中国思想重镇集中在黄河流域。此地域为中国思想文化的渊源地，因为儒、道、佛三家均在此萌发生长或落地生根。代表人物老子（河南鹿邑）、孔子（山东曲阜）、孟子（山东邹城）、庄子（河南商丘）、贾谊（河南洛阳）、王弼（山东金乡）、何晏（河南南阳）、董仲舒（河北景县）、邵雍（河北范阳）、程颢（河南洛阳）、程颐（河南洛阳）、张载（陕西眉县）、司马迁（陕西韩城）等，都生活于黄河流域。

明清时期，学术南移至长江流域。此间代表人物有：王守仁（浙江余姚）、顾炎武（江苏昆山）、李贽（福建泉州）、三袁（湖北公安）、金圣叹（江苏苏州）、王夫之（湖南衡阳）、黄宗羲（浙江余姚）、段玉裁（江苏金坛）、钱大昕（上海嘉定）、戴震（安徽休宁）、赵翼（江苏常州），等等。

晚清至近代，中国思想文化之重心又更南至岭南地区。尤以康有为（广东南海）、梁启超（广东新会）、孙中山（广东香山）为代表。

九九　儒·道·佛

儒，着眼于组织，故“入世”。儒家所谓忠、信、仁、义、礼，都是针对人与人的关系而言。

道，着眼于个体，故“出世”。道家重视个体的独立存在，偏好于“鸡犬之声相闻，民至老死，不相往来”，崇尚的是个体的“逍遥游”。

佛，着眼于个体的从前和未来。佛家讲人的今世，只是人的从前和未来之无限链条上的一个小小环节。

故，一切学术和文学，都植根于一个字：人。

一〇〇　敬重汉字

一颗活字，无论泥制、木刻或者铜雕，都让我珍惜、敬重。一颗活字，蘸上墨色，印在纸上，就是一个中国的汉字。“哭”，一颗眼泪在飞；“笑”，真正是喜笑颜开；“木”，一株树高直；“火”，一朵火苗在跃动；“川”，一条河流始终不歇——汉字，如此逼真于现实世界的视像。汉字的能指和所指，应该无其他文字能敌。

一〇一　童年剧烈的收割气息

回到家乡。想象和现实的窑火之侧，江南的麦子以及油菜，大片大片地黄了。麦穗和油菜荚成熟覆拥，饱满零乱的草黄色之中，潜藏着我童年剧烈的收割气息。

一〇二　上课

汉语文学传统无声地在给我上课，散文的写法其实无法胜数。

《论语》，教导我散文可以是谈话体。

《庄子》，这样的虚构与玄想，谁说散文不能运用？

《史记》，“史家之绝唱，无韵之离骚”，历史著作式样的散文。

《搜神记》，充分展示人类想象力的“志怪”一路。

《与朱元思书》，书信体散文。

《东坡志林》，行于当行，止于当止。散文可以写成片段式的札记。

《梦溪笔谈》，科学笔记也是散文。

《入蜀记》《徐霞客游记》，前辈早在示范日记体游记这一古老式样。

……

在传统中真正睁开眼睛，其中的营养汲取不尽。

一〇三　20世纪80年代中国文学氛围

在单位寂寥得近乎荒凉的图书室内，总让我重温20世纪80年代学生时代强烈感受到的中国文学氛围。这种氛围由如下书籍组成：

《王西彦选集》

《我走过的道路》（茅盾）

《何其芳文集》

《蛰居散记》（郑振铎）

《曹靖华散文选》

《丽尼散文选集》

《拈花集》（周瘦鹃）

《殷夫集》

《蒋光慈文集》

《燕山夜话》（邓拓）

《知堂回想录》（周作人）

《岑桑散文选》

《纸醉金迷》（张恨水）

《马伯乐》（萧红）

《淘金记》（沙汀）

《田汉诗选》

《莎菲女士的日记》（丁玲）

《憩园》（巴金）

《上海的早晨》（周而复）

《论雅俗共赏》（朱自清）

《圣地》（欧阳山）

《香雪海》（柯灵）

《榕树文学丛刊》

《山谷风烟》（陈残云）

《九月菊》（杨书案）

《乡关何处》（艾煊）

《彩虹坪》（鲁彦周）

《赤龙与丹凤》（陈登科）

《创业史》（柳青）

《别了，蒺藜》（汪浙成、温小钰）

《清江壮歌》（马识途）

《海，沉思的海》（士敏）

《蒲柳人家》（刘绍棠）

《驿路折花》（从维熙）

……

在一个书架上，还有几本翻旧破损的三毛的书排在一起，书名在那个年代是如此熟悉：《谈心》《梦里花落知多少》《倾城》《哭泣的骆驼》《夏日烟愁》。

夏日烟愁。像青涩的少年，在夏日阳光炽白的乡镇午后，陷入寂静，陷入刚刚来临、无法说清的一种最初的迷惘。

午月

泥沙俱下，向往的境界

一〇四　私人散文书籍

我感激如下属于我私人的散文书籍，薄的散文书籍。

《流动的盛宴》（海明威）

《双重火焰》（帕斯）

《爱尔兰日记》（伯尔）

《东坡志林》（苏轼）

《文化与价值》（维特根斯坦）

《克尔凯戈尔日记选》（克尔凯戈尔）

《伍尔芙日记选》（伍尔芙）

《绿风土》（张承志）

《斯坦贝克日记选》（斯坦贝克）

《波丽娜 1880》（皮埃尔让·儒佛）

《认识东方》（克洛代尔）

《物质生活》（杜拉）

《战争》（勒克莱齐奥）

《从文自传》（沈从文）

《药窗诗话》（吴藕汀）

《幽梦影》（张潮）

一〇五　一个逼近的现实

虽然内心对散发纸张和油墨味道的书籍充满了热爱之情，但不得不面对这样一个逼近的现实：我承认，以纸为介质的传统书籍，必将被新一代的电子阅读器所取代——就像往昔，纸张的书籍取代了竹简和帛书一样。

现在所能做的，只是希望这样的取代来得慢些，希望植物性质的传统书籍的生命，能够延长得更长久一些。

一〇六　行旅

在华夏山川间行走，就好像穿行在一篇伟大、壮阔的中国文章之中。

一〇七　镌刻感

写作，就是将汉字，镌刻在纸上。

镌刻感，是一个作品成功的标志。出色的诗歌和散文，因其篇幅相对较小，故容易给人以镌刻的感觉。而如果一部字数浩繁的长篇小说读完后也有此种“镌刻感”，那么，无疑它就是杰出的经典。在我的阅读体验中，《红楼梦》是之，《日瓦戈医生》是之，《约翰 · 克利斯朵夫》是之。

一〇八　看到

一座七层八面的隋代古塔之上，我看到这样的四个字：

等视一切。

一〇九　凉亭白壁上的涂鸦

在古运河大公桥堍新建凉亭的白壁上，有稀疏的涂鸦。仔细察看，出自于两个人：一个是叫“阿雄”的少年，另一个是未留名字的女孩。

“不报塘南之仇就不是阿雄”，“兄弟们等我一年（阿雄）”——这是“阿雄”的留言，字大而疏，也许是随手捡黄色的碎砖写就，所以字迹看起来较淡。

“七月，我就要离开这块伤心地”——在凉亭南北两面墙壁上，相同字迹的这样的话各出现一次。看得出，这应该是一个女孩的字，用黑笔写出，很小，排列很整齐，笔画间既显现伤心的决绝，又有一丝不舍的留恋。

“阿雄”显然是在“塘南”遭遇了挫折。“塘南之仇”是什么样的仇？“兄弟们等我一年”——这一年“阿雄”要去往哪里？他去干什么？一年之后返回的少年“阿雄”，会如何报仇？

女孩为什么伤心？是爱情失败还是其他？她是外地女孩还是本地女孩？现在是六月，她要七月离开，这段时间她在做什么？她离开此地要去何方？未来的命运会是怎样？

——“阿雄”和女孩，由白墙上的寥寥数语，均可以展开绵长、跌宕的人生故事。

一一〇　重力作用

中国地势西高东低，不只江河，文化、思想和人事也滚滚东下。像长江上游两位著名的川籍诗人李白和苏轼，就因为重力作用，最后也到达了中国低处的东部——安徽的马鞍山收藏了李白，江苏的常州收藏了苏轼。

在东部安身立命，需要寻找一块突兀且稳固的礁石。置身于上，才可以安稳地俯察、旁观自上而下的滔滔洪流，聆听轰鸣，择取营养。

如若没有这样的礁石，则极易被洪流淹没，冲入东方更低处的大海而不能获救。

一一一　友人长篇

伍尔芙的《达洛威夫人》，基耶斯洛夫斯基的电影，《尤利西斯》，《庄子》，《诗经》，中国成语……友人阿福就要开始写作的一部长篇的隐形元素。它要像一块织锦地毯，初看图案斑斓，细察又是非常的严谨和有条理——阿福描述此新长篇的整体特征。“WORD 文档中写 30 万字。”他说。

一一二　渴望抽汲

北方人文，庄严朴拙，又深邃峻急。

我的文字，正迫切地需要抽汲此种滋养与力量。

一一三　读朱新建

“一个人很容易宣泄，比如在同伙中间很牛，打架又是第一，玩什么都是他第一，他往往就没有力气与他的内心较劲。所以，你仔细研究一个成功的诗人，成功的画家，或者成功的艺术家，他的童年往往在小伙伴中间不是很成功的，但是他内心想成功的欲望很强烈，比如说拿破仑，据说他如果个子不是那么矮，就不会在军事上那么狂，这种说法都有它的道理。”朱新建（1953—2014）在他的《决定快活》这本书中讲的这段话我也觉得“有它的道理”。这实际是一种“人生的平衡律”在作用。上天总体是公平的，某人在甲方面优秀突出，在乙方面肯定资质平平。蚌病成珠，蚌不病则肯定无珠。

读此书，感觉朱新建已经是一个自我完成的人，在他的个人天地甚至已渐至游刃有余之境。但客观来分析，朱氏的格局和品，还是小，还是低。就像他在这本书中的一句自白一样：“李白、杜甫、白居易这种，白居易我稍微能接受一点，就是，小而放荡……就是题材小，但是放荡，好玩一点……太关心民众，太过深刻，先天下之忧而忧，这反正在性格上不是我最喜欢的那类。”

一一四　泥沙俱下，向往的境界

泥沙俱下，是令我向往的境界。

小溪小流，清澈居多；而气象恢宏的大江大河，则一定是泥沙俱下。

一一五　设想

美术上有“对景写生”一说。曾经有借用此法，写一本书的设想。譬如在古老的运河街区，选取五十个局部环境，坐在那里，对景，用文字记录所见、所闻、所触、所嗅、所想。此种书成，应该很有场景感和时代感。

一一六　我喜爱的《论语》句子

我喜爱的《论语》句子，愿意一抄再抄。

1.“人不知，而不愠，不亦君子乎？”

2.“君子不重，则不威；学则不固。”

3.“学而不思则罔，思而不学则殆。”

4.“见义不为，无勇也。”

5.“不患无位，患所以立。不患莫己知，求为可知也。”

6.“君子欲讷于言而敏于行。”

7.“士不可以不弘毅。”

8.“君子不忧不惧。”

9.“君子泰而不骄，小人骄而不泰。”

10.“刚、毅、木、讷，近仁。”

11.“士而怀居，不足以为士矣。”

12.“古之学者为己，今之学者为人。”

13.“君子耻其言而过其行。”

14.“不患之不己知，患其不能也。”

15.“君子求诸己，小人求诸人。”

16.“道不同，不相为谋。”

17.“天何言哉？四时行焉，百物生焉。”

一一七　说出生地：宜兴

陶都宜兴人杰地灵，世称“教授之乡”，有“无宜不成校”之誉。历史上，宜兴一地，出过四位状元，十位宰相，四百多名进士。在当代，仅中国科学院、中国工程院两院院士中，宜兴籍的就有二十余人；另有教授八千余人。从传统风水角度观察，此处是吉兆之地。

宜兴地处天目山余脉，天目来龙，在此停顿，正是生气凝聚的吉穴所在。宜兴之西，有稳固连绵的皖南山区作为坚实背靠；北和南，分别有宁镇山脉和天目山脉耸起舒适扶手；东方开阔，阳光照彻，且有两重如镜的大气水域，一为太湖，一为太平洋。如此，宜兴之地，“龙真、穴的、砂环、水抱”四要兼备，是为吉所。

一一八　伟大的旁观者

老子（约生活于公元前 571 年至前 471 年之间）是一位伟大的、已经心安理得的人。

他以自己的思索，在自我感觉中，弄清了所置身的这个世界的发展序列。

“无名，天地之始；有名，万物之母。”

天地的开始，是“无名”。

“有名”者，老子命其名为“道”：“吾不知其名，字之曰道。”

“有名，万物之母”的具体阐述是：

“道生一，一生二，二生三，三生万物。”

综上，老子厘清的世界序列是：

无名——有名——道——一——二——三——万物。

老子以其短暂一生，理解、命名并统辖了无限的宇宙时空。

老子是伟大的旁观者，他所拥有的气度，恢宏而虚静：

“万物并作，吾以观复”；

“天地不仁，以万物为刍狗”。

——这种旁观，是一种君临的旁观。

一一九　我喜爱的《老子》语录

我喜爱的《老子》语录，愿意一抄再抄。

1.“天下皆知美之为美，斯恶矣。”

2.“生而不有，为而不恃，功成而弗居。夫唯弗居，是以不去。”

3.“上善若水。水善利万物而不争，处众人之所恶，故几于道。”

4.“万物并作，吾以观复。”

5.“众人皆有以，而我独顽似鄙。”

6.“夫唯不争，故天下莫能与之争。”

7.“静为躁君。”

8.“知其白，守其黑。”

9.“物壮则老。”

10.“胜而不美。”

11.“以其终不自为大，故能成其大。”

12.“天下之至柔，驰骋天下之至坚。”

13.“祸莫大于不知足，咎莫大于欲得。”

14.“为学日益，为道日损。”

15.“知者不言，言者不知。”

16.“大者宜为下。”

17.“天下难事，必作于易；天下大事，必作于细。是以圣人终不为大，故能成其大。”

18.“合抱之木，生于毫末；九层之台，起于累土；千里之行，始于足下。”

19.“民之从事，常于几成而败之。慎终如始，则无败事。”

20.“江海所以能为百谷王者，以其善下之，故能为百谷王。”

21.“善战者不怒。”

22.“信言不美，美言不信。”

23.“知者不博，博者不知。”

一二〇　一代逊于一代

对于宇宙人事，老子是超拔于上，孔子是详解于内。

细究学问的格局与气象，自老子、孔子而下，几乎是一代逊于一代。当代学术，则既局促，又繁琐。

未月

以驰骋之心而写

一二一　作家友谊

三岛由纪夫（1925—1970）和川端康成（1899—1972）长达二十五年的深挚友谊让我羡慕。虽然年龄相差二十六岁之多，但两人之间的相敬、相惜、相重之情状，让我心领神会并油然感动。一位作家在其一生中能遭逢到一位真正值得尊敬的师长或友人，那他是幸运和幸福的。

作家之友谊，在中国文学领域内，古代可推李白（701—762）和杜甫（712—770）。李杜之谊，若论情感的投入，似乎杜甫要大于李白。现代文学史上的友谊典范，则推鲁迅（1881—1936）和瞿秋白（1899—1935）。鲁、瞿年龄虽也参差，但两人的情感投入却完全是对等的。“人生得一知己足矣，斯世当以同怀视之”——鲁赠瞿此语，已成世人皆知的名言。

一二二 不成功的童年

“如果说童年对我走上创作道路有决定性的影响，主要是因为孤单，因为体弱多病，不能参与别的孩子的公共活动，所以我有一个离群的童年，从很小时候我就是一个街头生活的旁观者了。我靠胡思乱想来弥补远离集体的缺憾，我一个人行动，独立完成我的童年生活。”作家苏童（1963 年出生）的这段自述，正好印证了作家海明威的观点——有人提问：一个作家最好的早期训练是什么？海明威回答：不愉快的童年。

想到弗洛伊德（1856—1939）说过：“幸福的人从不幻想，只有感到不满意的人才幻想。未能满足的愿望，是幻想产生的动力。”

“一个人的世界也是个世界，而且可以是个很大的世界，这是我创作自信的最大的理由。”认同苏童这句话。

一二三　影片片段

一位欧洲导演小说化的影片片段：

他们在 S 城又似 P 城。她不得不提前离开，他为她到处寻袋，要装大堆唱片。后他们在酒吧喝酒。凌晨去他朋友家。朋友一家遗留着三十年代的生活。窗外是巨楼身体，风也进不来。沉闷着叹息！

一二四　长卷般的旅程

生命的成长，就是一场渐渐展开的奇异旅程。比如一位在夏日乡镇游荡的懵懂少年，他的一生，将会到达世界的哪些地方，将会遇见哪些影响他人生的人，无法预知。由此，生命前行，长卷般的旅程渐次展开。

一二五　辞赋小道，壮夫亦为

俗语有云："辞赋小道，壮夫不为。"其实，辞赋之道，壮夫亦为。中国一流诗人中，文武双全者，可举李白、陆游、辛弃疾为代表。

出生西域、五岁随父迁居蜀地的李白，精通剑术，平时剑不离身，所谓"袖有匕首剑，怀中茂陵书"（崔宗之《赠李十二》）。李白的同时代人曾记述他"少任侠，手刃数人"（魏颢《李翰林集序》）。

浙江诗人陆游则是射虎英雄。放翁四十八岁时，曾在陕西汉中抗金前线任职，其间巡边战斗，有射虎经历。其诗纪之："去年射虎南山秋，夜归急雪满貂裘"；"刺虎腾身万目前，白袍溅血尚依然"。

"词中之龙"辛弃疾，更是有勇有谋的将帅之才。他二十二岁时，就组织了一支两千多人的抗金队伍。曾只身追擒窃印而逃、准备投降金人的义端和尚，最后追上，夺其印、提其头而返，军中一时传为美谈。二十三岁时，又"赤手领五十骑"，将降将张安国"缚取于五万众中"，《宋史》载此事："安国方与金将酣饮，即众中缚之以归，金将追之不及。献俘行在，斩安国于市。"

一二六　中国古代写景之句

“千山动鳞甲，万谷酣笙钟。”此为东坡晚年被贬海南时，“行琼儋间，肩舆坐睡，梦中得句。”此句显示坡仙虽则人生受挫、年岁已晚，但他那横溢才气，依然是一以贯之的逼人、壮阔。

然写景之句，在中国古代诗歌中，我印象最深者，还数杜工部的“星垂平野阔，月涌大江流”。烂漫星块，参差悬垂于无垠平野之上；银亮的月色和大江，交融涌流，已经无法分清哪是月光哪是江波。星、平野、月、大江，垂、阔、涌、流，前辈杜甫用四个名词和四个动词，为世界诗歌贡献了这一千古佳句。

一二七　刘海粟、董欣宾逸事

潘小庆先生寄赠的《朴庐纪事》一书中，有《导师》一篇，记刘海粟（1896—1994）、董欣宾（1939—2002）逸事一桩。

1977年，年近不惑的董欣宾考入南京艺术学院，成为刘海粟的研究生。因刘常住沪上，又经常应邀四方云游，很少对弟子有所关照。某日，董夹着一卷画作，急匆匆地跑来找潘，他们是好友，董要潘跟他一起吃过晚饭，陪他去金陵饭店见刘海粟。

其时，坐落于南京新街口的金陵饭店可谓是“鹤立鸡群”，等闲人等往往不敢贸然进入。

“因欣宾胸佩南艺红色校徽，前去拜见的又是南艺名誉院长、导师，名正言顺。我们不仅得到侍立于门厅的服务员颇有礼貌的鞠躬，还有小姐引领。

“当叩开海老所住的房门，只见大套间的会客室里，拥簇着一堆人，有穿蓝色中山服的，也有西装革履者，一个个酒足饭饱的样子，正在纷纷离座，与大师寒暄、话别。待客人散去，欣宾和我才应师母夏依乔的招呼，忐忑落座。此时，埋坐在大沙发里的刘海粟，头戴贝雷帽，身穿红白相间的花毛衣，气度不凡，对董欣宾大声喊道：‘小董，怎么样？今天来见我，带录音机没有？我现在讲每句话，都是可以写进美术史的……’欣宾见状，马上应声道：‘刘老，我知道……’”

数语之间，彼时彼刻刘之神情态度，跃然纸上。

一二八　童年 · 声音

艺术分类方法众多，按我个人喜好，常用浓郁型或清淡型判之，或用内倾型或外倾型区分。

何训田（1953年出生）的音乐专辑《声音图案》（封套上的一句话是：“一部为所有物种而作的元音乐”），应该是典型的内倾型艺术。音乐中的何训田，和文学中的卡夫卡、残雪，同属一类。内倾型艺术，展示人类浩渺神秘的内宇宙。内宇宙之广大复杂，并不逊于客观存在的外在宇宙。一个成熟的艺术家即使独处于封闭之室，内宇宙，也能成为他无尽的创造之源。

翻读《声音图案》里所附文字小册，再一次感受到童年对任何门类艺术家的滋养和深远影响。

作为音乐家，何训田的童年记忆主要是声音记忆。在童年，他“听到了很多声音。住在教堂边上，基督教。每天听钟声起床，听钟声入睡。那边还随时传来唱诗班的声音。周围还有很多卖东西的各种叫卖声，是唱出来的，包括饭馆里的报菜师也是唱着报菜名。经常走七十里的山路去父亲的农场，走夜路，经过墓地、树林、河流，听到各种自然声音和一些怪异声音。我十二三岁去当纤夫时，又听到了川江号子、民间歌谣和号子手唱的联本长篇历史川剧。还有教堂里的唱片、收音机和高大华丽的风琴”。

童年的声音，成就了一个优秀的音乐家。

一二九　超拔之气

“吾善养吾浩然之气。”此种浩然之气，我理解为是一种“超拔之气”。碌碌世间，你需要怀藏此气，隐然而发，如此，才会获得超拔、挺立的精神气质。

想到太极拳中，“虚灵顶精”一势。

一三〇　独特语感

阅读的最终目的，从写作角度而言，就是寻找到属于自己的语感。

而阅读，即是进入众多“他人”的语感。

在无数种他人的语感中浸润既久，最终应该酿成一种自我的、不同于他人的独特语感。

一三一　故乡元素，组成生命密码

童年和童年所置身的地域（故乡），密切不可分。故乡的客观风景和精神风景（习俗、传说等），炼制着一个人的心灵，并稳定地成为你的生命基因。

罗列一下所能想到的自己的故乡元素：蜀山，平原河网上的一座独立小山，长满松竹，宋代川人苏东坡登临过；三娘娘庙，纪念三位可敬的故乡女性；蜀山下的南街（明清时始有），诞生过许多紫砂大师的江南水街；街边的蠡河，因当年范蠡西施而得名；烧制陶器的窑火；亲人；周围的人；桥；蠡河上运载陶器的驳舰；桥有红阳桥、丁蜀大桥、油车桥、蜀山桥、大木桥、白宕大桥、施荡桥等；丁蜀镇街；迷宫式的陶瓷工厂；戏馆子、电影院、湖光影剧院；东坡书院，我小学就读的所在地；四月初八吃乌饭；五月初五吃粽子；夏至吃馄饨，吃了不会疰夏；龙窑；漫山的陶瓷残片；有车通往上海、南京、镇江、无锡、湖州、杭州的丁山汽车站；陶瓷公司；邮电局；似乎在天边其实很近的东面太湖；宁杭公路；属于天目山余脉的连绵南山；稻田、麦田、油菜田、苜蓿田；合新厂（父亲干活的陶瓷工厂）；红阳生产队；红阳矿产品加工厂（农余的母亲在此干活）；蠡河之上、蜀山背后的月亮；相公庙；南街人家狭隘幽暗的内部空间；小学和初中的老师；空旷的、白热太阳的夏日午后……

如此种种，组成了我的生命密码。

一三二　布罗茨基对阿赫玛托娃的尊崇

生性骄傲的布罗茨基对阿赫玛托娃有着罕见的尊崇：

“我说过，与阿赫玛托娃的每一次会见对于我都是极为出色的体验。这时，会切身感受到遇上了一个比你优秀的人。”“阿赫玛托娃仅凭嗓子或一扬脑袋就将你转化成人。”“我在一切方面都绝对相信她。”（引文见《布罗茨基谈话录》，东方出版社2008年4月版）

杰出的诗人并非目空一切，于此，可见布氏对前辈的敬重之心。

一三三　写作解放之二

写作，也可以是写可能的存在，你认为的存在，而非客观的存在。写作解放之二。

一三四　核辐射之源

对写作者而言，童年是巨大的核辐射之源。它的强劲的影响力，是隐性的，深远的。

离开乡土后的沈从文虽然居住城市，但他杰出的小说如《边城》和《长河》，仍然是童年湘西孕育的孩子。

海子天才的诗歌具备了人类的普遍性，但仔细的阅读者很容易就可以看出，在他的诗行中，存有查湾——海子童年所生活的那个南方长江畔乡村的强烈印记。

一三五　在东方目睹到梵高

暑夏的太湖西岸，白烫的阳光如绚烂怒放之花。有河流夹杂其中的、微微起伏的土地，在尽情喷涌出人栽或自长的各类绿色植物。不管不顾日光的灼烤，绿意茂盛、酣畅、疯狂，在争先恐后挤往生命的极致。

土地、绿色和河流之上，是明净燃烧的蓝空。大朵小朵的白云，浓，而且重，在擦着偶尔一两棵高大枫杨树的绿冠而移。拧扭、汹涌、旋动——在东方的故乡，我同样目睹到西方梵高的生命笔触。

自然，永远是艺术之母。

一三六　以驰骋之心而写

“以驰骋之心而写。”

“人们坐在辽阔的星云下仰观天象。”

以上两句，都是今日遭逢的有气息的句子。强劲气息。

一三七　记取

强大的精神力量，强烈的叛逆感，内心应该始终葆有。不如此，写作肯定是从俗的、无骨的、虚弱的。

申月

焚烧一遍，然后新生

一三八　进步神话的致命性阴暗

目前定居在法国乡村的荷兰人类学家和哲学家托恩·勒迈尔（1941年出生）在其《以敞开的感官享受世界》（广西师范大学出版社 2009 年 8 月第 1 版）一书的中文版前言中，说过如下话语：

“我讨论的课题，都涉及消费社会的崛起和它给地球、大自然和景观带来的后果。正是在这些问题中，现代化的有问题甚至有破坏性的方面，都表现出来了。”

“很久以来我一直坚信，进步有我称之为‘两重性’的特点，它既带来开明、工业化和繁荣，但也带来损失和毁灭。”

“直线式和没有问题的进步是一种幻想，任何一种发展都会带来矛盾，任何一个‘前进’的步伐，都是以别的方面的损失为代价的。第一个最清楚地认识到这一点的思想家是卢梭，第二个是马克思。”

“现在，我们能够更清楚地认识关于进步的神话的致命性阴暗方面。那个神话最初迷住了西方，后来迷住了世界的其他部分。在消费社会里，我们西方人受到失控了的唯生产论、永远的技术革新以及新需求的不断创造的折磨。它们带来了对大自然和景观的破坏、对人与地球之间的和谐关系的破坏、物化和‘商品拜物教’、个人主义和孤独、丧失方向和精神混乱。越来越多的西方人为了这些困难，在东方特别是在中国，寻找补偿。我要指出的是，人们对禅宗佛教和道教、针灸、风水、太极拳越来越感兴趣。”

“新中国处于独特的局面，因为它拥有几千年历史的悠久文化，而该文化仍然有足够的生命力，完全能够接受现代世界的挑战。”

这个西方人由衷的话语，有其自我的切身感受，这是对人类如何前行的忧思；这些话语，对正积极地以汇入世界（西方）洪流为荣、为目标的东方人而言，是一种警醒，它催促我们停顿下来，进行思索。

一三九　艺术家不是科学家

艺术家不是科学家，对世界的看法越自我，越独特，越偏激，他的价值，越大。

艺术家的存在理由，在于“个人”；

艺术家的死亡之所，是“公众”。

一四〇　火焰和太极

火焰映耀了我的最初生命。母亲生我的披屋，距离烧制陶器的窑火，直线不足百米。我呼吸到的这个世界的第一口空气，带有火的光影和热度。

火焰，外形柔软无骨，实则却能烧毁一切。外在绵柔而内隐金刚，极类于武术中我折服的太极。

火焰和太极，甚至可以是江南精神、东方精神的象征。

一四一　焚烧一遍，然后新生

焚烧一遍，然后新生。

生命和艺术，需要多重这样的“焚烧”和“新生”。

一四二　火焰

我如此熟悉这些火焰——
稻麦柔软的火。
油菜秆坚硬的火。
茅柴热烈的火。
竹子响爆的火。
松枝淋漓滴油的火。
梦中的火。
夏夜闪电的火。
倒一点父亲的烧酒在桌上，用火柴点燃而呈现淡蓝的摇曳的火。
——它们，让我幽暗的童年发亮、发烫。

一四三　火的精神分析

“若一切缓慢变化着的东西能用生命来解释的话，那一切迅速变化的东西就可用火来解释。火是超生命的。火是内在的、普遍的，它活在我们的心中，活在天空中。它从物质的深处升起，像爱情一样自我奉献。它又回到物质中潜隐起来，像埋藏着的憎恨与复仇心。”——《火的精神分析》，法国加斯东·巴什拉著。

“肉体的血液滋养着激情那无形的火焰……激情的火焰烧尽骨髓。”——《双重火焰》，墨西哥奥克塔维奥·帕斯（1914—1998）著。

一四四　一个下午

【甲】“因为毛细血管渗血，母亲去世时很惨，用现在的话说就是‘死得很难看’。她一生小心翼翼维护的美全部毁于一旦，谁还能看出她可曾是华西大学四十年代的大美女，牙科本科生，地下党，革命者——脸上紫一块红一块的。刚开始时，我还和她开玩笑，说她像只大熊猫。母亲虽然灰心，还是笑应了两句……后来，越来越不行，我们预感大事不妙，十分悲观，直到完全昏迷前，我听到抱怨了几句：‘……太奇怪了，本来好好的，莫名其妙！简直莫名其妙！’”四川诗人钟鸣散文新著的某个片段。为钟鸣的母亲哀悼。【乙】秋天绵软无力的夕阳，贴在对面楼房单调枯燥的水泥墙面上。某个窗台持续传出断续、坚韧的古琴声。这是古琴家教老师在教他（她）的学生。【丙】《白蛇传》剧情。峨眉山白蛇（白素贞）、青蛇（青儿）不耐山中寂寞，在游西湖时遇许仙。白爱许忠厚，乃结为夫妇。金山寺禅师法海得知此事，便来破坏，唆使许仙在端阳节用雄黄酒向白劝饮。白因此酒显露原形，将许仙吓死。白醒后，冒险到昆仑山盗仙草，救活许仙。法海又将许软禁寺内。白与青施用法力，水漫金山，终因白怀孕力弱，败回杭州。许仙逃出金山寺，在西湖断桥，与白相遇，夫妻和好如初。白生下一子，满月时法海又用金钵来捉白素贞，将其压在雷峰塔下（转引自《新编越剧小戏考》，赵洁编，上海文化出版社 2003 年 8 月第 1 版）。第一次发现，《白蛇传》的空间转换竟是很大：杭州（西湖）、镇江（金山寺）、四川（峨眉山）、新藏交汇处（昆仑山），横跨了中国的东部、中部和西部。另外，仙界—凡界，也是空间转换之表现。【丁】吃梨。砀山梨。1.76元／千克。“天惠超市，天天实惠；天惠食品，天天放心。”包装袋上超市条形码上的广告。质粒粗糙却汁水丰沛的梨肉，来自安徽北部。此梨产地砀山，处皖、苏、鲁、豫四省交界地，以砀山为中心的这一区域，在中国历史上足可雄视他方，因为，这里曾诞生过如下人物：仓颉（河南虞城），老子（河南鹿邑），庄子（河南商丘），刘邦（江苏丰县），项羽（江苏宿迁），曹操（安徽亳州）。砀山梨，质优价廉，每年提醒我秋天的真正来临，每年个人必吃之水果。【戊】“写给胡志明主席复习太极拳的要点。1. 以意运气，不使僵力。2. 意动形随，一动无有不动，四肢随腰转动。3. 全身要松，骨节要以意松开。4. 身形要中正不偏（不前俯，不后仰，不左歪，不右斜），步要分虚实，动作要轻灵稳定，不呆不滞。5. 腰要松，变转处要运得圆而匀，灵活而有拧转之意。停势时腰要松中带塌下去之意。6. 头顶与尾闾保持直线，手与足合，肘与膝合，肩与胯合，则身形自然正直。三尖要对（手尖、鼻尖、足尖）。7. 眼神随主要之手转动前视。8. 意存丹田，腹部要保持松舒状态。9. 松肩，垂肘，膝盖不过足尖，手前按时亦不过足尖，保持身形正直与重心稳定。10. 动作要连贯、均匀，保持弧形。势停意不停，每势将停未停之时，下势之机已从此而起。11. 每势劲贯九分，神气须贯到十分。12. 动作练熟后，腹式呼吸须与动作配合（用鼻呼吸）。13. 为了疗病、保健、延年益寿，每天应练二三遍拳套，以轻松舒适为原则，以微出汗为度；出汗过多，练后觉太累，均非养身保健之法。”（《顾留馨太极拳研究》，顾留馨著，山西科学技术出版社 2008 年 1 月第 1 版）

——独自在家的一个周日下午。

一四五　苏皖山野笔记

银杏绿叶间累累的白果，像浸透水的一颗颗黄色小鹅蛋。

这个季节，吊瓜像悬挂的小小红灯笼，间或有未成熟的几只，仍如绿色的微型西瓜。

红掌白羽的两只肥鹅，从篱笆边的狭道上蹒跚而来，伸长脖颈巡视的气势，宛如君临的山乡之王。

板栗的刺果多像团成球的绿圆刺猬。村庄人家的场地上，到处摊晒着取出板栗后的有刺外壳，这是入冬后很好的燃料。家家的编织袋里，都鼓鼓地装满了新收的板栗。此地的批发价是 3 元一斤。

低缓的群山间的平地上，是整块整块的水稻田。青绿的稻叶间已经显现收割前的金黄。风吹过，耳旁充满的，是沙沙沙的宁寂自然之声。

白杨树在风中抖动的深绿叶子很大。因为赶路已经微微出汗的我，坐在路旁树下。这是山乡僻静的秋日。因为树叶抖动，所以，身上、地上和笔记本白色纸页上的深绿叶影，也在不停抖动。

一四六　谁首先听到秋风

刘禹锡（772—842）《秋风引》：

何处秋风至，
萧萧送雁群。
朝来入庭树，
孤客最先闻。

清晨，初至的寒凉秋风，吹过庭树之声，在人世，是谁最先听闻？这是一个无解的问题。然而，诗人却偏偏有解，而且解得是如此清晰分明：孤客最先闻。这就是诗人的信誓旦旦和独断专横。

至于是什么样的“孤客”？庭中的秋风为什么是“孤客最先闻”？诗中空白。读者对这种空白的诸多想象，便共同完成了这首关于秋风的诗。

在东方，人心与自然有着高度的契合；

含不尽之意，见于质朴言外。

——此诗都是最好的例证。

一四七　刘力红《思考中医》

刘力红（1958年出生）的《思考中医》（广西师范大学出版社2002年12月第1版），是一本功力深厚的著作。处处谈医，时时又超越医道，常予人以豁然开朗、醍醐灌顶之感。

书中多见的对汉字的确实解读，也启读者之思。比如解“病”字。病字由形符“疒”（ne，去声）和声符“丙”组成。“疒”，《说文解字》解为：“倚也。人有疾病，像倚箸之形。”人不舒服了，就像直直的筷子想靠着什么东西。“疒”其实是一个左右结构的会意字：左半部是表示床榻的符号，右半部是人的符号。病字的形符“疒”，实际上已经代表了现代意义上的疾病。那么，为什么还要加上一个“丙”呢？是否仅仅为了表音？刘力红否认这种浅见，他深入解读：病之用“丙”有它的特异性，“丙”在天干之中属南方，又属火，属心。《素问》“灵兰秘典论”云：“心者，君主之官，神明出焉。”主明则下安，君主之官明，则整个身体就会安定。所以，“丙”字这个心，这个南方火是一个主宰，是整个身体的关键，病与不病，就要看这个心。病之造字，道理在此。由此，刘力红认为：汉字的“声符不仅表音，而且表义，并且声符所表的这个义对于文字是很关键的部分，这一点也希望研究古文字的同道注意”——此诚为道中人之独特识见。

由刘力红的这个观点，我们还可以加深对“病”字本义的理解。《说文解字》释“病”：“疾加也。从疒，丙声。”“病”为什么是“疾加”，同样能从声符“丙”中求得答案。《说文解字》释“丙”：“位南方，万物成，炳然。”炳然即茂盛貌。病茂盛了，当然就是“疾加”了。由于从分析汉字中悟得妙机，刘力红信服于周汝昌先生（1918—2012）在谈中国文化的魅力时所说的两个“最”字：其一，“‘咬文嚼字’是中国文化最高之境界”；其二，“汉字是人类最高智慧的结晶”。

一四八　每一颗这样的汉字

我所使用的数千颗汉字，我要努力让其中的每一颗，都在火焰中炼制一遍——这种经历了火焰因而质地完全不同的汉字，是独特的，是属于我一个人的汉字。

每一颗这样的汉字，都是英勇无畏、供我驱策的将士；

每一颗这样的汉字，又都是我心中的一尊小小的神。

一四九　火焰，我秘密的生命质地

“汹涌、灼烫、喷吐、漆黑、强劲……”检视我仅从感官上就偏好的这些个人的习惯用词，我发现，它们竟然都和火焰密切相关——即使是“漆黑”，也是为了衬托出火焰的更明亮、更耀眼。

火焰，我秘密的生命质地。

一五〇　一只蟋蟀在鸣叫

秋夜，故乡旧宅一只蟋蟀孤独、有力的清鸣，足以抬起我睡眠中的、整幢木头椽子的房屋……

一只蟋蟀在鸣叫。午夜空旷。岁月清晰。

一五一　中国文化的秘密资源

《周易》《老子》《论语》《孟子》《庄子》，太极、中医、术数文化，还有神秘信息聚藏的独特汉字——个人直觉里，中国传统文化依然存有大量我们至今未解，或我们至今只窥其形、未懂其神的秘密资源。今日人类和宇宙如何健康地朝前运行，答案，或许在这些资源中可寻。

说中国传统文化“博大精深”，洵非虚语。“天人合一”“天人相应”“天人感应”，细究中国古代哲学中的这些观点，你会发现，深义存焉，东方的态度与智慧存焉。特别是对当代世界，它们有着特别的启示之用。

西月

北方师长

一五二　神话与现实

“羿请不死之药于西王母，羿妻姮娥窃之奔月，托身于月，是谓蟾蜍，而为月精。”（《初学记》卷一引《淮南子》）

“旧言月中有桂，有蟾蜍。故异书言：月桂高五百丈，下有一人，常斫之，树创随合。人姓吴，名刚，西河人，学仙有过，谪令伐树。”（《酉阳杂俎 · 天咫》）

1969 年，人类首次登上了这颗富于文学和神话色彩的星球。现在，我们已经熟知悬挂于我们头顶的这轮“明月”的种种：

月球，本身不发光，没有水，没有生命，没有声音；月面上到处是裸露的岩石和环形山；月球平均直径约为 3476 千米，为地球直径的四分之一稍多；月球表面积小于地球上亚洲的面积；月球质量约 7350 亿亿吨，只相当于地球质量的八十一分之一。

一五三　人不知而不愠

孔子强调并追求自我完成。我领会并深刻认同他的此种“自我提醒”:“人不知而不愠，不亦君子乎”;“不患人之不已知，患其不能也”。

孔子后学孟子（约公元前 372 —约公元前 289）应和前辈声音：“声闻过实，君子耻之。”

一五四　内感

在季节转换的空旷清晨，能感觉到天地缓慢、寂静的磅礴运行。

一五五 “独”的重要

肯定是：“独与天地精神往来”；
而非是：“众与天地精神往来”。
——“独”的重要。

一五六 贺兰山石

一块深紫近黑、夹杂几处淡泥绿大小圆点的贺兰石，在我不断的手握接触中，渐渐地，浸有我的手温。这块阻挡腾格里沙漠东侵的贺兰山之石，粗糙，桀骜，我把它从西夏故地带回。

现在，在我的书桌上，静默地，像有一整座贺兰山，给我输送刚毅、寥廓的北方之气。

一五七　北方师长

一位北方师长的来信：

你的讯息，是我深深的欣慰。骤然地，有那么多话想与你说，那么多感受涌起，又委实无法说清……

这是我的灰暗日子里，久违的激情了。这样的生命体验，让我知道，你在我生命中的分量。

（因身疾积重难返，我极少上网，信迟复为歉，想你是能体谅的。）

没想到我的身体，多年来，早已渐有沉疴，而始终不自知，一拖再拖，待无法再工作时，方去医院，却已是崩溃了。

我的一生都是欠债之人。欠艺术的、欠历史的、欠我死去和活着的朋友的，也欠我自己的身体的，等等。

重债总是要重还的。我现在就不得不重新来过，吃了很多的药，针灸也无数了，不停地跑医院，还要调整原有的生活习惯和作息时间，还要心静，还要与不能工作的焦虑做斗争，等等，心情坏到了极点，所有的煎熬都要久久承受，真感到与疾病的抗争，一点也不逊于创作终极的跋涉。

这也是我一直不愿与朋友们联系的原因，没有什么好消息告之，而在疾病中我的情绪与心境又极差，不能为朋友们做些什么，又要让大家担心，于我是极深的负疚。

好在终于还是一点一点地在好起来，虽然极慢，虽然总是反复，但感觉上今年还是比去年强了。希望明年能更好一些。

在这样的盼望中，牵引我的还有一个多年来深深的愿景——多么想去你那儿相聚相叙，与你在一起的温暖是多重的也是厚重的。这样的实现，在我治病过程的内心里，是激励也是召唤，常常借此告诉自己——这也是对我与疾病抗争的犒劳呵。

呵，不知不觉间，竟然写下了这么多字，这是几年来第一次写下这么多字。感觉自己又能写字了，又有些力气了，写字中间没有像从前一样喘不过气来，需要休息几次，真为这样的突然发现、突然来临的“进步”而高兴。

希望真能以此为契机，渐渐好起来。

……

北方师长，我内心认定的、具有强大人格力量的、我的精神引领者。

一五八　上乘境界

“视人如草，无法为法。”中国武术在技击层面的上乘境界。

其实，在纸上行笔之时，细想上述八字，亦会觉得顿时有如神助。

“视人如草，无法为法”——同样是写作中国文章的上乘境界。

一五九　玄想

夜。墨。黑夜如中国墨汁。

盛放墨汁的容器是什么，无法知道。

白昼，就是墨汁写完的间隙。

又有谁来磨墨。于是，容器内黑夜的墨汁又满。

是谁在写？笔是何样？写在何处？什么内容？

—— 一种思索或想象的过程。

一六〇　过去年代的制陶人生活

“祖父好喝红茶，他的茶叶只买一个浙江姓蒋的山农的。山农个子高高，古铜色的脸庞，脑后还披着长发。他每年春天步行数十里给祖父送来茶叶，没有一次不成交的，而且还会在我家住一晚再回家。据说祖父去世后的第二年他还送来过一次，祖母给了他回去的路费后他便黯然离去，以后再也没来。祖父买下茶叶后还要在锅里烘焙，然后放进饼干筒里储藏，整整喝一年。祖父、祖母每天清晨五点钟起来，做的第一件事就是烧水泡茶。不一会儿，就有人敲门了，第一个到的准是施福生师傅，他们要用这把洋桶壶泡茶，边喝边聊直至上班。”（裴俊峰《一把洋桶壶的故事》，载《紫砂研究》，史俊棠主编，上海古籍出版社 2004 年 12 月第 1 版）

在故乡宜兴，这是过去年代典型的制陶人的生活，简朴，干净，温情，令人长久地追想。

一六一 “把现在当作我们窗外的噪声来听”

青少年时期没有读过某部经典，其实无须羞愧。意大利作家卡尔维诺（1923—1985）的自述，给我们安慰：“一个人在完全成年时首次读一部伟大作品，是一种极大的乐趣。”

除了乐趣，如何从经典中获取尽可能多的教益，卡氏介绍他的方法：

“从阅读经典中获取最大益处的人，往往是那种善于交替阅读经典和大量标准化的当代材料的人。”具体的操作手段是，“把现在当作我们窗外的噪声来听，提醒我们外面的交通阻塞和天气变化，而我们则继续追随经典作品的话语，它明白而清晰地回响在我们的房间里。”

一六二　由庄重而美丽的汉语写出

谁能为人类写出一本书？

如下内容应该不可或缺：

人类所置身的这颗星球的环境。

人这一生物的生、死、爱、恨、离别、相聚、孤独以及友情。

这本书应该写出的，是人的复杂与单纯，是人的宿命的悲剧和永恒的美好。

它不需要卷帙浩繁。

它可以是一册诗集。

它也可以是一本综合运用了现今所有文体的薄薄书册。

它应该由庄重而美丽的汉语写出。

一六三　沈从文的文学理想

沈从文的文学理想很是形象："我只想造希腊小庙。选山地作基础，用坚硬的石头堆砌它。精致，结实，匀称，形体虽小而不纤巧，是我理想的建筑。"（1936 年《从文小说习作选集》代序）

一六四　既，又

于汉字：既，纵横任侠；又，惜墨如金。

一六五　男·女

典型的民间戏剧中，有丰富的资讯可供人辨识，给人启发。像发源于苏南的锡剧，它的五部具有代表性的传统戏是：《庵堂相会》《拔兰花》《借红纱》《约四期》《失金钗》——用形象的建筑术语来比喻，也即所谓的“一正梁”“四庭柱”。

《庵堂相会》讲一对青年男女青梅竹马，自幼订婚。后来，女家暴富而男家衰落。女父嫌男家贫穷，意欲毁除婚约，为女另行择婿。但女不允。九年后的一天，女得知男寄住在某庙，便以烧香为名，前往探视。途中受阻于独木桥前。此时，男正巧祭祖归来，也要过桥返庙。因多年未见，两人已不大相识，互生猜测，乃各述儿时往事试探对方。至庵堂，男女终于弄清真相，决心婚姻大事要自作主张，并约定于端阳节完婚。

《拔兰花》讲一对青年男女相爱，两人约好，让男出外帮工三年，积攒钱后回来结百年之好。临别，男以素兰花赠予女，以作定情信物。男走后，女之父母强迫她嫁给某富户。婚后女备受虐待，苦不堪言。三年后，男攒足工钱回村，闻讯寻至富户家。见女当窗绣花，头上依旧插戴当年自己赠她的素兰花。于是隔窗拔取兰花，男女重逢，悲喜交加。

《借红纱》讲一对青年男女私下定情，男允诺外出做生意，赚钱后即来娶女。未料男被人引诱，沉湎于赌博，债台高筑。三月后男回到女处，用谎言借得女方红纱一匹。将纱当了换钱之后，再去聚赌，居然大赢，不但还清赌债，赎回红纱，还买了西瓜背到女处。男向女告白一切并坚誓：从此不再赌博，好好做生意赚钱。两人遂欢喜吃饭、唱曲至谢幕。

《约四期》讲一青年书生与富家小姐暗结私情，约期相会。未料，男方因种种缘故，元宵节、清明节、端阳节、中秋节的四次约会，均竟失约。最后双方见面，道明原因，误会冰释，遂又约期相会。

《失金钗》讲一貌美女子奉命烧香，途中邂逅一男。男遂寻机挑逗。女起初不予理睬，后因路途寂寞，方答话同行。男一路卖弄见识，以博女欢心。至庙后，男趁女专心烧香拜佛之时，将女头上金钗悄悄拔下。归途中，路过一四眼井，女好奇观井，从水中倒影发现头上金钗遗失，惶急万分。男假意答应雇人掏井觅钗，并亲送于女，因而诓得女方地址。翌日，男到女家，借还钗调戏。女识破伎俩，急中生智，将男诓至门外，闭门不睬。男只得怏怏离去。

上述五部传统锡剧，均讲男女情事。于此可见，在大众艺术领域，男女关系永远是重要核心。男与女，看似简单，发生于两者之间的关系却万千复杂。用关键词概括上述五部锡剧：《庵堂相会》："圆满"；《拔兰花》："悲剧"；《借红纱》："欢喜"；《约四期》："误会"；《失金钗》："拒绝"。

一六六　真放松者，大境界人

太极拳极重放松，练拳讲究由松入柔，积柔成刚，然后再刚复归柔，至不刚不柔，亦柔亦刚之境界。

写作也是如此，能真放松者，都是大境界之人。宋人苏轼，便是真正的放松大师（他自己的气功锻炼也益助于此？），随意涉笔，皆成佳文。他的长短题跋，最能显现苏氏风格的放松情态。如《跋草书后》一则："仆醉后，辄作草书十数行，觉酒气拂拂从十指间出也。"

一六七　惊

张承志，竟已经六十七岁了！突然发现，心目中似乎永远处于英雄中年阶段的张承志，竟已年过六旬！时光何其匆促！（张承志，1948年出生）

一六八　内在生命图景

中国的八大山人（1626—1705），荷兰的梵高（1853—1890），挪威的蒙克（1863—1944），他们展示的，都是独具强烈个人特征的内在生命图景。世间之人、之物、之风景，都只是他们随手拿来的承载之物，他们的注意力其实并不在此，他们真正专注的，是他们自身的情感和生命——投射到这些承载之物上面的，各自或隐忍或呐喊的激烈情感与激烈生命。

由他们的画作，我们醒悟：仅仅是“象”，还远远不是艺术。

一六九 “我是不会动身的”

台湾摄影家阮义忠（1950年出生）曾说：“我在办摄影杂志的那几年，事实上已周游世界各国，大陆我也来过很多趟，拍了不少照片。可是当真正在摄影创作的时候，我几乎把所有心力放在了台湾这片土地上，因为它跟我的成长有着不可分割的关系。”

读到这段话，立刻让我想起费里尼的话：“偶尔他们提议我拍一些必须要旅行的电影：譬如美国电视台想送我去西藏、印度、巴西，好拍一段精彩的关于宗教及地方魅力的影片。很吸引的提议，我立即就说好，但同时心里有数，我是不会动身的。我最喜欢的路线是罗马—奥斯提亚—维特波尔三角地带。我待在这里很好，所以我的回答是：我拍一部关于罗马的电影吧，因为我生活在罗马，而这个城市我喜欢。”

阮义忠和费里尼的共同点是：艺术，最好是站在真正属于自己的土地上发言。在说自己方言的特殊土地上，你表达普遍的世界。

一七〇　个人哲学 · 内心情感

《四季》《人与土地》《正方形的乡愁》《看见菩萨身影》，这些是阮义忠各成系列的摄影集之名。仅从这些书名，似乎就可判断照片质地和所具有的思想深度。书名所涉及的都是最基本也是最重要的主题。

读阮义忠的摄影作品，能够深刻感悟到，任何艺术的内在支撑，都不可或缺以下两种：

一是个人的哲学；一是质朴、深挚的内心情感。

一七一　心气

内在的心气必得要高，不高，笔下的气象无法为大。

正如吾乡前贤徐悲鸿（1895 —1953）所言：“人不可有傲气，但不可无傲骨。”

一七二　文学批评

一棵苹果树对一棵桃树提建设性意见：你为什么不试试结一些苹果，苹果是很不错的，尤其是像我这样的“红富士”。——类似于一个作家对另一个作家的批评。

你这棵桃树确实不错，所结桃子的色泽和味道也确实很好，但总是觉得单调了些。你为什么不试着在枝头同时结一些香蕉、橙子或者葡萄，这样就丰富了；还有，你的桃子老呈现为圆形也不好，以后不妨将有些改良成扁形、方形或长条形。——类似于一群批评家对一个作家的建议。

擅写“青春期冲动”的玛格丽特·杜拉斯曾批评与她“有过友谊”的罗兰·巴特，他“所缺少的就是……贯穿在表现青春期的那种冲动”。由此，杜拉斯认定巴特是“某种已经僵化、写作循规蹈矩的作家”。但客观事实上，罗兰·巴特恰恰是文学领域激进地反叛语言传统的革命者。

一千八百年前，中国的曹丕曾说：“夫人善于自见，而文非一体，鲜能备善，是以各以所长，相轻所短。”（《典论·论文》）

戊月

他们曾经如是说

一七三　暗涌

东方，太平洋磅礴清新的蓝色气流，在人所不知的白昼和夜晚，暗涌入我身心。

一七四　一道选择

是积极地钻营圈子，结交关系，以博取虚妄的名声？

还是尊重自己，坚持内心和纯粹的艺术，甘守世俗所谓的寂寞之道？

这是一道选择。

在这道选择面前，我们很容易就能够判断一个人。

一七五　他们曾经如是说

弗罗斯特（1874—1963，美国诗人）：

“我本能地不属于任何团体。”

“我的书中到处都有天文学的影子。”

“科学是人类最伟大的探险……人文科学是对我们人类最好的描绘。”

“全书充满了黑暗。”

“作者不流泪，读者不流泪；作者不惊奇，读者不惊奇。”

莫里亚克（1885—1970，法国作家）：

“伟大的小说家是打破框框的。只有他才能使用一定的模式。”

“一个具有真正的小说家气质的人是会超越这些清规戒律、这些想象之中的规则的。”

“因为卡夫卡本人使我着了迷。我读过他的日记，读过他的书信，以及有关他的一切资料。然而说起他的小说，我却无法阅读它们。”

“差不多所有作品都会逝去，但作家却永存。除了《忏悔录》外，我们极少阅读卢梭的其他作品，或者说，除了《墓畔回忆录》外，极少阅读夏多布里昂的其他著作。”

庞德（1885—1972，美国诗人）：

“我心目中孔子的宇宙，便是韵律与张力交互为用的宇宙。”

“在美术史上，色彩一度衰亡，莫奈和印象派画家使之起死回生。”

“我在六十五岁之后，很难相信自己竟然比当年所见到的詹姆斯年纪更大。”

艾略特（1888—1965，英国诗人）：

“我想把自己的尺度强加在别人身上是最糟糕的事了。”

“我可以很肯定地说，要是我一点儿也不必为生活操心，所有的时间都花在写诗上，很可能会扼杀我的创作生命。”

赫胥黎（1894—1963，英国小说家）：

“写不出东西来的时候就读书，小说、心理学、历史，读什么都无所谓，不是为了吸收观点或材料，只是为了重整旗鼓。”

“批评家之所以引不起我的兴趣，是因为他们关心的是过去的、已经完成的，而我关心的是未来的。”

“我从《尤利西斯》中获益不大。我认为这部小说非比寻常，但是其中很多是反面教材，教你小说不该这么写。”

福克纳（1897—1962，美国小说家）：

“对我来说，最好是当妓院的老板。我认为这是艺术家最理想的工作环境。”

“好的艺术家相信没有人有资格指导他。”

“我创造了自己的天地。在空间上、时间上我都像上帝一样摆布这些人……我喜欢把自己创造的世界想成宇宙间的一块基石，虽然只是一块小小的基石，可是把它拿开的话，整个宇宙就会崩塌。”

纳博科夫（1899—1977，俄裔美籍小说家）：

“有独创性的艺术家可以模仿的只有他自己。”

“布莱希特、福克纳、加缪，还有许多其他的人对我来说绝无任何意义，而且，当我看到批评家和作家朋友们把恰特莱夫人的爱的描写或庞德先生的那些全都是装模作样的造作乏味的胡言乱语看成‘伟大的文学作品’之后，我不得不去努力排除对一场弄昏我的头脑这样一个阴谋的疑心。”

“使我留名后世的书是《洛丽塔》与我论述《叶甫盖尼·奥涅金》的作品。”

海明威（1899—1961，美国小说家）：

“你写到你还有活力的地方，而且知道下面要写些什么，你就停下笔，力图挨过一个晚上，到第二天才去碰它。”

“最好的写作一定是在恋爱的时候。”

“当一位作家略去他所不知道的东西时，它们在作品中像漏洞似的显示出来。”

聂鲁达（1904—1973，智利诗人）：

“诺贝尔文学奖无论颁发给谁，总是文学的一种荣誉。我不是为获奖者是否够格而争论不休的那种人。”

雷巴科夫（1911—1998，俄罗斯作家）：

“我的创作的工具是记忆和想象。”

艾利森（1914—1994，美国作家）：

“作家唯有借着描写某一特定环境中的某一特定人物，才能达到普遍性。”

“如果想迎合别人，那么他还没上场就先吃了败仗。”

“美国小说是对于未知领域的探索与征服；当它描写美国经验时，同时也创造出美国经验。”

君特·格拉斯（1927—2015，德国作家）：

“有许多作家，他们一生始终专注于描写某一地区，那就是他们的出生地……那里发生的事情在其他地方也可能发生，这个偏僻、闭塞的地方能够反映和折射世界上可能发生或者已经发生了的事情，只是所带有的色彩不尽相同罢了。”

“我想做的是要扩大现实主义这一概念，使之包括潜意识、幻想、梦幻、想象等等这些人们因看不见摸不着便通常斥之为所谓非现实的东西。”

“我的作品在出版之后，我连一本也没有读过。”

马尔克斯（1928年出生，哥伦比亚作家）：

“第一句话……决定着全书的风格、结构，甚至篇幅。”

“我正在写的作品是我私生活的一部分。”

“在文学创作的征途上，作家永远是孤军奋战的。”

一七六　中国风水术

中国风水术，其潜在的语言，是对大自然的敬畏与尊重。

风水术认为，大地自有其经络和穴位。这种认识，是把自然视作为有血肉灵息的生命体（大地的肉身意识）。拥有这种自然观的人类，对于我们所置身的地球，本能的态度是相敬、相惜、相谐，而不可能是去盲目征服或疯狂攫取。

这种东方的“天人合一”思想，在生态环境已严重恶化的当代，正愈来愈显示出它正确的光辉。

一七七　试说北京和南京

从中国地形大势来看，北京地处自西向东的昆仑山脉和自北向南的大兴安岭山脉这两条巨大来龙的聚合休憩、共饮海水之地；对广大的中国南方而言，北京又天然地具备其高屋建瓴之优势，是以，北京乃风水佳地。

南京纵有王气，只因其处于长江中下游平原，既不藏风，又难聚气；长江虽可作为战略屏障，但究其实质，也是头上悬水，是故，历代以南京为根据地者，终究难图最后霸业。而且，南京的“金陵”别称，终究不吉。

一七八　人事

在故乡，县城通往乡镇的嘈杂中巴车上，耳畔所听，记录于此。

其一。现在最主要是联系打电话的人……他是独子……赌博输了钱又去借高利贷……人家打电话来了，人已经绑架，再不还钱，森林公园收尸……找人去打招呼，钱总归是会还的……

其二。叫叫他，眼睛会弹开来看，证明他有知觉的……还好是到家后再生病的，要是在路上不得了……他帮老板开一辆轿车送到山西去的，老板在山西开煤矿，要用车……要是在路上突然没有知觉，高速公路上车开得那么快，肯定是翻车没有命了……要是身体好的，老板本来是要他待在山西帮忙做管理的……他腰子上头有一个瘤，如果另外一只好的，拿掉一只腰子没关系的……现在不好做手术，心脏不好，好像肝上也有问题……他（她）家已经借给他五万块钱……病还要看下去的，钱不晓得将来怎么还……

——社会人事之冰山一角。

一七九　文学之内，阴阳互换

任何文学批评都是主观的，都不可避免地染上批评者自身的个性特征和价值偏好。

“前不见古人，后不见来者。念天地之悠悠，独怆然而涕下。”时空旷大如此，陈子昂（约661—702）刚强、沉郁的文学个性，已淋漓尽现。所以，子昂追慕汉魏风骨，反对齐梁绮靡之文学观念，正属意料之中。他说：“文章道弊五百年矣，汉魏风骨，晋宋莫传”；“仆尝暇时观齐梁间诗，彩丽竞繁，而兴寄都绝，每以咏叹。思古人常恐逶迤颓靡，风雅不作，以耿耿也。”

其实，客观来讲，一代有一代之文学，是其内在逻辑发展力量来推动形成的。“风骨”至顶，“彩丽”渐生；“彩丽”既盈，“风骨”又长——文学之内，阴阳互换，道理同样存焉。

一八〇 “也许始终是败北，可是……”

记下沈从文的话。“我生命中有一种十分‘谦虚’，又十分‘自信’的情绪在生长……也许因此越来越像不现实，或生命中总被‘不现实’那一部分支配，生活永远陷于败北状态。可是不妨事，因为‘谦虚’和‘自信’还依旧存在……也许始终是败北，可是败北的是人事生活上的一面，应当还有另一面和好音乐一样，永远能有光辉的！”沈从文致张兆和信，写于1956年10月13日，时在山东济南。

由主客观多种因素而最后修炼成的沈从文性格：于外，至柔；于内，至刚。

一八一　名字背后

稍加分析若干中国当代作家的名字，亦觉深义存焉。

张承志，是“承志”，而非“创志”或“锐志”；韩少功，是“少功”，而非居功自傲的“多功”；贾平凹，是凹下去的平地，而非凌云的高峰（因为既平且凹，所以有了积蓄的容器）；苏童，是童子，而非壮夫；莫言，是不说，而非雄辩。

上述诸名，是否隐含了一种东方式的智慧与习惯：力量的最后呈现，必以退让谦逊、深涵内敛的蓄势为第一要务。

一八二　古人书法两类

古人书法，概括言之，似可分为“向外放”和“向内收”两大类。

苏轼书法，有骨有肉，气血丰满，属“向外放”一类。而且，正因为其字有肉，所以东坡的抗命运击打能力超强。

“梅妻鹤子”的林和靖（967—1028）之字，则可归于典型的“向内收”一类。黄庭坚（1045—1105）评林字：“清气照人，端劲有骨，亦似斯人涉世也耶。”

一八三　韩愈经验

韩愈（768—824）论文章追求气势。他认为："气，水也；言，浮物也；水大而物之浮者大小毕浮。气之于言犹是也，气盛则言之短长与声之高下者皆宜。"确实，同由汉字组成的文章，气势之有无，文章之面目便有云泥之别。

韩愈某次的为文经验自述，对在艺术领域独自锐意探索的孤独者而言，似应会有共鸣：

"仆为文久，每自测意中以为好，则人必以为恶矣。小称意，人亦小怪之；大称意，则人必大怪之也。时时应事作俗下文字，下笔令人惭，及示人，则人以为好矣。小惭者，亦蒙谓之小好；大惭者，即必以为大好矣。"

一八四　梦境

记叙梦境。次第虚幻的红灯笼的光晕，浸入漆黑不动的古老城河。孤寂的桥石。参差的旧瓦屋顶。漆黑的河。像没有生气的阴郁版画。黑夜的阴郁版画。石巷中的一棵树正在夜间落叶，奇异碧青的树叶，在深冬，落满了树身周围的石头地，如此新鲜的纷乱青叶——像人家吵架后新摔碎的青色瓷盘。青叶和石巷的地面，都反射湿润的光亮，原来空中在飘着细雨。细雨濡湿头发。一种清晰的孤独之感。后来，在一幢闪耀霓虹的巨大建筑物的荒凉背后，发现盘旋而上的狭窄铁质楼梯。持续地走上去，推开一扇没有关紧的小门，便进入巨大建筑物温暖、暗红的内部。没有见到一个人。又从原来露天的狭窄铁质楼梯下来。破败烟酒店内的店主表情同样阴郁，而且麻木。出租车像过山车一样越过高耸大桥。一处楼厦如林却依然冷清阴郁的人类聚居地。大门的电动栏杆在无声升降。没有人。荒寂如同月球的空城。局部的细雨空地。他似乎为了某种理由而等候了漫长岁月。方形粗大的建筑廊柱向夜空和地底无限延伸。皎洁的白。暗红的光。夜晚的阴影，被切割成锐痛又甜蜜的几何形状。

一八五　一瞬

父母渐老，环境改变，然冬日深夜，风吹动老家木格窗玻璃的响声，仍含藏少年时代诸多的真切信息。

一八六　古典卷册的凋零之美

田野间一小块又一小块水洼中经霜的残荷，透露出一种中国古典卷册的凋零之美。

亥月

文学的终极目的是什么

一八七　“池水”已否“尽墨”

“池水尽墨。”池中洗笔，日积月累，竟致满池之水，尽染墨色。无论何种艺术领域，要想真正有所进步，必须时时自问：

你的“池水”，“尽墨”已否?

一八八　树枝·汉字

窗外，小扇形的银杏树叶骤雨般纷落。日显疏朗的树枝，在冬天的书页间，像我熟悉的古老象形汉字。

一八九　每一本书都有其自足的气血周流

那么多书籍堆垒。每一本书，都凝聚有某一生命个体思想与情感的能量。所以，每一本书都有其自足的气血周流。而那么多的书籍在周围，更是形成了一种似乎无睹却强劲回旋的精神之气场。你不去阅读的书，就像你暂不联系的朋友，但它们的存在，就足够在静默中给你借鉴、激励和影响；你翻开了某一本书，就是和一位朋友相约坐下，开始了一段对谈的时光。

一九〇 “不拥有时间”的文字

翻读意大利作家翁贝托·埃科（1932年出生）的随笔集《密涅瓦火柴盒》（上海译文出版社2009年10月第1版），感觉很难进入，书中那种浮躁的、光怪陆离的炫耀式笔触，让我产生一种天然的拒斥。深究原因，发现这些文字，其实就是“不拥有时间”的文字（作家刘烨园先生的独特理论）。埃科在写作它们时，是即时的、喧噪的、走马观花的心态——书中所收，均为其人替一家周刊所写的专栏文章；而缺乏一种“宁静和专注、空寂和凝视、慢和停驻的时间心态”（刘烨园语）。因为写作时是“现在进行时的当下心态”，所以，《密涅瓦火柴盒》就无法“拥有时间”。而不“拥有时间”的文字，尽管“妙趣横生、古怪精灵”，尽管“慧黠机巧、天马行空”，终究是不具备价值的泡沫。

拥有什么样的“时间心态”，就会写出什么样的作品，差异是如此明显——在我看来，写出《密涅瓦火柴盒》的埃科，和写出《玫瑰之名》的埃科，几乎是完全不同的两位作家。

一九一　郁达夫及其他

郁达夫和王映霞（1908—2000）1928年2月在杭州成婚，时郁32岁，王20岁。1940年，两人离异。1942年，王映霞和时任重庆华中航运局经理的钟贤道结为连理，婚后育有两女一子（其中一女夭折）。郁达夫1945年在苏门答腊岛被日本宪兵杀害，终年49岁；钟贤道1980年病逝于上海，终年72岁；王映霞2000年病逝于杭州，终年92岁。

有访者晤谈钟、王之女钟嘉利女士（1945年生于重庆万州，从浙江建设职业技术学院的教职退休），谈及郁达夫，她只评以淡淡一句："他的面相孤薄，一看就是少福之人。"

一九二　百丈怀海丛林要则

百丈怀海禅师（749 —814）曾述丛林要则二十条。其中，越出佛界，具普遍意义的要则有（我印象深刻者）：

烦恼以忍辱为菩提。
是非以不辩为解脱。
疾病以减食为汤药。
语言以减少为直截。
学问以勤习为入门。
待客以至诚为供养。
凡事以预立为不劳。
处众以谦恭为有礼。
遇险以不乱为定力。
济物以慈悲为根本。

一九三　卓然特立之吾

《焚书》，《藏书》，以剃刀自刎的福建人李贽（1527—1602）自取的书名，中国文化中罕见的直接呈现的决绝勇气。李卓吾，“卓然特立之吾”。“所言颇切近世学者膏肓，既中痼疾，则必欲杀我矣，故欲焚之。”这是他的《焚书》。“与世不入”，“吾姑书之而姑藏之，以俟千百世之下有知我者。”这是他的《藏书》。

一九四　寒夜窑火

寒冷深冬，想念昔年遍布故乡的窑火。

烧制陶器的窑火，用青翠松枝做燃料的窑火。

遍布的、跃动方言俗语的火焰，映红河流和夜晚，给孤寂清贫的童年以温暖。

一九五　三种时间

在中医领域，存在三种时间。

“顺时间”：显示为生老病死。

“无时间”：显示为长生不老。

“逆时间”：显示为返老还童。

这三种时间，几乎涵括了文学作品中所有的时间形态。

一九六　挣拔

无论再多的书籍，人和文字，仍应时时不忘挣拔出来，呼吸野气。

无畏无媚、勇往独行的野，谨记。

一九七　苏轼与博尔赫斯的同一

“当尧之时，皋陶为士。将杀人，皋陶曰：‘杀之’，三。尧曰：‘宥之’，三。故天下，畏皋陶执法之坚，而乐尧用刑之宽。”这是苏轼在《刑赏忠厚之至论》中杜撰的典故，曾引起欧阳修的惊奇。

卡尔维诺说博尔赫斯：“他的每一个文本都通过援引另一些属于某个真实或想象的图书馆的书籍，而加倍或多倍地扩大其空间。这些被援引的书籍，要么是古典的，要么是不为人知的，要么根本就是杜撰的。”“他用这一方法写的第一篇非凡的故事《接近阿尔莫塔辛》于1940年在《南方》杂志发表时，读者竟真的相信这是一篇关于某位印度作者的书评。”

——11世纪亚洲的苏轼与20世纪美洲的博尔赫斯的同一。

一九八　语言和情绪也具有能量

台湾统一企业集团总裁林苍生（1943 年出生），应该算一位独具个性的企业家。他甚至要求“统一”在生产面包时，须全程播放莫扎特音乐。他如是介绍“统一”的面包生产：“除了原材料不可残存农药，生产过程亦不添加防腐剂及人工色素等，这些是‘身’的部分。统一的生产线人员都保持快乐的心情与面包对话，这便做到‘心’的部分。而在生产面包的过程中，还要全程播放莫扎特的音乐，这已经进入产品‘灵’的部分了。科学研究证实，‘在音乐中发酵’的面包其酒石酸多了 11 倍、苹果酸多了 5 倍，可提升波动值并增进健康。所以说相同的原材料及设备，由不同的公司来生产，其产品的‘波动值’是不同的，这就是‘企业心灵’不同而产生的差异。”

似乎是有些不可思议。

由此，想到小时候，老家过年蒸团子时，大人们总要特别叮嘱孩子，要说好话，说吉利的话，这样团子就会蒸得好，蒸出来的团子就会好吃。

看来，语言和情绪也具有能量，那些貌似无知无觉的客观物质——譬如团子和面包——也会接受此类的能量而改变自身。

一九九　江南团子的柔与刚

江南习俗，冬至日吃团子，过年前蒸团子。江南团子，花色繁多：色分青、白、粉；馅有菜肉、萝卜丝肉、豆沙、芝麻、花生、红枣等。甫从蒸笼里蒸熟，热气腾腾，晶莹圆润——此种食物的阴柔之美，于斯呈现。然而，正是这种外形精致细腻的吃食，较之粥、饭，它又是最为耐饥的——团子内在的刚性，让人，特别是劳作者，有深刻的体验。

相柔性刚，柔刚一体，江南品质之显现。

二〇〇　文学的终极目的是什么

文学的终极目的是什么？岁末之问。

在庸常人世、匆匆生命中，寻找到真实的自我？

证明自己活过，存在过？

探究并展示一个孤独生命的内在宇宙？

发出自己的声音，寻找到这个星球上的同类？

为人类留存一份特殊个体的感官与思想档案？

抵抗时间的方式之一？

揭示人世、社会、生活的动人秘密？

孤寂生命的慰藉之火？

烧制汉语

乙年

子月

能量多大，故乡多大

二〇一 “惟此书非到五十岁以后，不易得益耳”

蒋介石极重于中国传统文化，在艰难繁重的抗战期间，亦不废学习传统典籍：“余近来每日必拨冗读《易经》，自觉精神与学力皆有进步。惟此书非到五十岁以后，不易得益耳。”（1942 年 8 月 24 日蒋介石致蒋经国信）他让其子蒋经国（1910—1988）着重研习的书有：《说文解字》、《尔雅》、《论语》、《孟子》、《王文成公全书》（王阳明全集）、《曾文正公家书》、《近思录》、《古文观止》、《孙文学说》等。

至于学习方法，蒋介石强调读背：“现在要文章进步，第一还是要多读古文，并须读得烂熟，背之再背；大约每篇古文至少要读一百遍以上……如尚生疏，则再诵读，必将再能背诵，毫无阻格，然后方休。如此则三个月之后，约可三十篇长文可以背诵，则文笔必畅通矣；若能有百篇古文烂熟于胸中，则能成文豪矣。”（1937 年 5 月 6 日蒋介石致蒋经国信）

读蒋氏示子家书，常真切感知到曾国藩家书之影。蒋介石于湘人曾国藩极为敬佩，蒋经国回忆：“平常我写信去请安，父亲因为事忙，有时来不及详细答复，就指定曾文正公家训的第几篇代替回信，要我细细去参阅。偶或因我报告身体有病，父亲回信就说是我没有好好地读曾文正公家书的缘故，因为那书里面对于如何保持健康，是说得很详尽的。”（蒋经国《我所受的庭训》，1956 年 10 月 30 日）

二〇二　艺术是野生的

乡贤吴冠中发自肺腑且身体力行地教导：

“艺术是野生的，艺术家的要害是个性，拒绝豢养，自生自灭，饿死首阳而不失风骨。”

其中的关键词：野生，个性，风骨。

我追慕之。

二〇三　伟大的创造者

在众人皆觉无路可走、无法创新的时候，伟大的创造者，总能独辟蹊径，开垦出一处全新的广阔领地，让凡众豁然而有柳暗花明又一村的惊佩之叹。

二〇四　汉语中的量词

一次去南京途中，和作家陆永基先生聊天，谈及汉语中的量词问题。他说，鲁迅曾用“匹”来指称老鼠，称“一匹老鼠”而不言“一只老鼠”，行文的新异性立时呈现。由此谈话便引申开去。习惯说“一尾鱼”的人，跟习惯说“一条鱼”的人，肯定有某些方面的不同。同样指人，称“一位”跟称“一个”，情感态度是尊崇还是一般，也明显可感。

汉语中存在有丰富的量词，它们传递着精微复杂的意义之差别。而英语中，量词的丰富性阙如。所以，面向域外读者的汉语文学之翻译，正是汉语中精妙部分的丧失。西方读者，甚至是汉学家，是否真能懂得领会汉语之内美，我们均抱悲观态度。

二〇五 “去年的白雪如今安在”

“去年的白雪如今安在？”法国诗人弗朗索瓦·维庸（1431—1462？）的著名诗句。去年的白雪，今年到哪里去了？

这样的问题，在世间的“务实者”们看来，也许近于可笑。但是，正是这类超越了动物性的问题的存在，显示了人之为人的高贵与尊严。人类艺术的本质，或可从中一窥。

二〇六 不屑

对待批评，伟大的艺术家看来都持相同的态度：不屑。

里尔克如此：“再没有比批评的文字那样同一件艺术品隔膜的了。”

贝多芬（1770—1827）也是如此：“作为一个艺术家，我不会对别人涉及我的文字投入更多的注意力。”

二〇七　许倬云·无锡学人

“从 19 世纪以后，世界上哲学家就寥若晨星，专家遍地皆是。生活改良了，我们的精神生活并没有提升，我们的眼界没有提升，我们的智慧没有提升。20 世纪里，完全找不到哲学家……现在美国没有知识分子，只有专家……没有知识分子就没有批判，批判与创造是两条腿，有一批人创造，有一批人批判。没有批判，这个社会就静止了。”这是 1930 年出生的无锡人许倬云说的话。确实，老子孔子当年思考的都是宇宙和人的大问题，时间滔滔，愈是往后，人的识见却愈是狭隘。

身有异相的许倬云，是著名历史学家。“我出生时手脚是弯的，成长后肌肉不发达，需借助双拐行走。”“因为我一辈子不能动，不能跟人家一起玩，所以永远做一个旁观者”，于是，“这跟我一辈子做历史研究有相当的关系，历史学家也做旁观者。”

地处东南中国的无锡，除盛产画家之外（如顾恺之、倪云林、王绂、徐悲鸿、钱松岩、吴冠中等），还出产学者。在中国现代学术史上能够留名的，不仅有许倬云，钱穆、钱基博、钱钟书更是熠熠闪耀之亮星。许倬云这样评点同乡学人：“无锡人都很佩服宾四先生（指钱穆——笔者注），他是自己学出来的，真是聪明，当然西学的东西不多，《国史大纲》是民族史观”；“钱钟书博闻强记，没有思想出来。”

二〇八　星云大师的悲哀

台湾佛光山星云大师（江苏江都人，1927 年出生），对于人类和世界的未来，并不盲目乐观，他曾如此表述：“我看世界，一半一半：一半晚上一半白天，男人一半女人一半，爱好和平的一半，好斗的也一半。佛、圣人也只有一半，还有一半是魔，邪魔歪道。既然是一半一半，我们只能尽我们的心，把我们这一半做到稍好一些，要这一半同意那一半，难。”

所以，人类的乌托邦也许永远是无法实现的乌托邦。也许，当下即是未来。

二〇九　一个好作家必须具备的品质

英国作家伊恩·麦克尤恩（1948 年出生）认为，一个好作家应该具备如下品质：持久力，健康的身体，耐心，幸运，强烈的野心，自省，洞察力，谦逊。

对其中“强烈的野心”和“谦逊”深有心得。这两个概念粗看矛盾，实则同一。“强烈的野心”是一个优秀作家必须具备的“内”，而“谦逊”则是作家之“外”。只有“强烈的野心”而没有“谦逊”，往往可笑；只有“谦逊”而没有“强烈的野心”，则失于虚弱。

二一〇　一意孤行

一意孤行。

在艺术领域，应每日默念三遍的四个汉字。

二一一　能量多大，故乡多大

以火药创作闻世的当代艺术家蔡国强（福建泉州人，1957年出生）说："我总是在自己的历史中拿东西，几个资源不断地开发，像是泉州的资源，如帆船、中药、风水和灯笼。故乡就是我的仓库。"

此段话语再一次证实，无论何种领域的艺术家，童年和故乡永远是能够供他无尽挖掘的宝贵矿藏。童年无须讨论，其中的故乡，可以是一个人出生的村庄，也可以是乡镇、县城，甚至可以扩大到他所在的省、所属的国家，再甚至，可以是我们生活的星球。作为出生地的故乡，人人都有；而逐渐扩展开去的故乡，就关系到人的能量。就一个艺术家而言，他的能量有多大，故乡就可以有多大。

关于蔡国强其人，陈丹青的印象是："除了全副身心地工作，他从不急于表达自己，也不在意是否被了解，以我的江湖经验，凡质朴而自信的人，大抵这般性格。""人不知而不愠"的儒家之风。认同陈氏的此一"江湖经验"。

二一二　拆字故事

一则有意思的拆字故事，显示汉字之玄奥。

南宋时期，谢石以拆字闻名天下。一日，高宗赵构微服私访谢石，以杖在土上写了个“一”字。谢石略思之，说：土上加一画，乃成“王”字，必非庶人。高宗疑惑之际，又写“問”字，请其相之，笔体两侧俱外斜而飘飞。石大惊失色曰：左看是君字，右看是君字，必是主上！遂下拜。

高宗服之，召石入宫。次日，又书一“春”字，命石相之。石奏曰：秦头太重，压日无光。高宗默然。时年奸相秦桧弄权朝野，闻此事，遂寻机将谢石贬之边地。

被贬途中，遇一女子，云善拆字。石怪之，世上还有似吾拆字者乎？遂书“谢”字，令相之。女子曰：不过一术士而已。石问：何以见得？女子曰：是寸言中立身尔。石又写一“皮”字，令相之。女曰：石逢皮即破矣。原来，押解谢石之卒正好姓“皮”也。

谢石惊服不已。石又曰：吾亦善相字，汝可画字，待吾相之。女子曰：吾在此即字也，请相。石审之，曰：人傍山立，即“仙”字，汝非仙乎！女笑而忽失。

（转引自常秉义《周易与汉字》）

二一三　经典作品的开篇之句

集中呈示一下若干经典作品的开篇之句。

曹雪芹《红楼梦》："列位看官，你道此书从何而来？说起根由，虽近荒唐，细按则深有趣味。"

（苏联）鲍·帕斯捷尔纳克《日瓦戈医生》："他们走着，不停地走，一面唱着《永志不忘》，歌声休止的时候，人们的脚步、马蹄和微风仿佛接替着唱起这支哀悼的歌。"（蓝英年、张秉衡　译）

（英）托马斯·哈代《苔丝》："五月下旬的某个黄昏，一个中年男子正从沙斯顿回家往马洛特村走去。"（孙法理　译）

（英）夏洛蒂·勃朗特《简爱》："那天，出去散步是不可能了。"（黄源深　译）

沈从文《边城》："由四川过湖南去，靠东有一条官路。"

张承志《金牧场》："生命，也许是宇宙之间唯一应该受到崇拜的因素，生命的孕育、诞生和显示本质是一种无比激动人心的过程。"

（美）赛珍珠《大地三部曲》："这天是王龙结婚的日子。"（王逢振　译）

（日）川端康成《雪国》："穿过县境长长的隧道，便是雪国。"（高慧勤　译）

（法）罗曼·罗兰《约翰·克利斯朵夫》："江声浩荡，自屋后上升。"（傅雷　译）

（苏联）米·肖洛霍夫《静静的顿河》："麦列霍夫家的院子在村

子的尽头。”（金人　译）

兰陵笑笑生《金瓶梅》：“词曰：‘丈夫只手把吴钩，欲斩万人头。如何铁石，打成心性，却为花柔？请看项籍并刘季，一怒使人愁。只因撞着，虞姬戚氏，豪杰都休。’此一只词儿，单说着情色二字，乃一体一用。”

（俄）列夫·托尔斯泰《复活》：“尽管好几十万人聚集在一块不大的地方，而且千方百计把他们居住的那块土地毁坏得面目全非，尽管他们把石头砸进地里，害得任什么植物都休想长出地面，尽管出土的小草一概清除干净，尽管煤炭和石油燃烧得烟雾弥漫，尽管树木伐光，鸟兽赶尽，可是甚至在这样的城市，春天也仍然是春天。”（汝龙　译）

罗贯中《三国演义》：“话说天下大势，分久必合，合久必分。”

（奥地利）卡夫卡《城堡》：“K 抵达的时候，天已很晚了。”（高年生　译）

……

——深渊般的第一句。它们如微小的基因，已经全息地折射出整部作品这一庞大有机体的关键生命特征。

二一四　沈从文的倔强自信

“说句公道话，我实在是比某些时下所谓作家高一筹的。我的工作行将超越一切而上。我的作品会比这些人的作品更传得久，播得远。我没有方法拒绝。”

再次见识沈从文柔弱外表之内的如铁倔强自信。这种自信所包含的复杂意蕴，让我独自长久感动，获得激励。

二一五　内心宇宙

艺术，是人之存在的载体和绝好证明。艺术可以反映恢宏的外部世界，也能够揭示独特的人的内心：深情、孤独、挚爱、疼痛、迷惘、追悔、惊喜……

人的内心国度之浩瀚、幽微，完全不输于苍茫宇宙。

二一六　吴冠中

尊敬的乡中前辈吴冠中先生，于2010年6月25日在北京辞世。绘画、文字、做人皆冠绝一代的吴冠中先生，我心折于他的，是三点：一是他凛凛如松的风骨；二是他始终独立、自信的精神姿态；三是一生未渝的对于艺术的满腔真诚与无懈求索。

再敬录一段先生话语，以寄哀思：

“整个社会都浮躁，刊物、报纸、书籍，打开看看，面目皆是浮躁；画廊济济，展览密集，与其说这是文化繁荣，不如说是为争饭碗而标新立异，哗众取宠，与有感而发的艺术创作之朴素心灵不可同日而语。”

丑月

真实而非虚妄的写作位置

二一七　对话

瑞典导演英格玛·伯格曼（1918—2007）的电影《婚姻场景》中的某段对话——

女：你认为我们生活在彻底的迷茫之中吗？

男：你和我吗？

女：不，我们所有人。

二一八　隐秘

口若悬河者，耳目自闭；
滔滔不绝者，元气尽泄。

二一九　聪明误

以下是人类“聪明反被聪明误”的一个极好例证。

氮是构成生命的基本元素。地球库存的氮气不能被生物直接吸收，需要通过固氮作用，才能被生物吸收利用。自然界中本身存在若干固氮和脱氮的微生物。正是借助这些微生物，建立了地球上健康的氮循环。

然而，人类以其“聪明智慧”，干预了这种氮循环。为了增加土壤中可吸收的氮，德国化学家弗里茨 · 哈勃，于 20 世纪初发明了工业固氮方法，从大气中制取氮肥，从而改变了自然界原来的氮循环。

目前，人类每年人工固氮量达 1.21 亿吨，远远超出了地球所能承受的范围——科学家现在测算，地球所能承受的人工固氮量，是每年不超过 3500 万吨。

过量的氮正在酸化土壤，破坏许多物种。大量的氮注入湖泊和海洋，导致多处水域富营养化。富营养化的水域滋生了大量水生生物，这些生物的生存，又耗尽了水域中的氧气，致使许多水域成为恐怖的死水。

——所以，慎言“人定胜天”。人类许多局部而言似乎值得欢呼庆祝的“聪明”举动，其实正是致使自身一步步陷入绝境的蠢行。

二二〇　真实而非虚妄的写作位置

对公众的、以文学为名义的聚会，内心常有明确的抵触。

一个写作者真实而非虚妄的写作位置，应该是这样的：

偏居一隅。幽暗处。一个人。不合群。独自体验和呼吸浩茫的人世和自然。独自积聚并强大内在的功力。

二二一　黄庭坚语

在信息若骤雨，资讯如涌云的现在，是否应该珍惜一张白纸上的数个汉字，是否应该重温一下黄庭坚的如是话语：

“读书不必务多，若能精一，遂可贯诸经矣。”

二二二　重读古诗十九首

第一首。“与君生别离”，“各在天一涯”，“会面安可知”。恋人之分离。

第二首。美人寂寞。青春盛妆的美人之寂寞。这位“空床难独守”的美人形象是：“盈盈楼上女，皎皎当窗牖；娥娥红粉妆，纤纤出素手。”

第三首。与松柏与涧石相比，人生何促！还是在繁华尘世中“极宴娱心意”吧。

第四首。由“欢乐难具陈”的“良宴”开始，又生“人生寄一世，奄忽若飙尘”之喟叹，进而感奋：“无为守穷贱”，“先据要路津”。

第五首。由楼，而声，而人，而慨：“但伤知音稀。”

第六首。采荷。思人。

第七首。由秋入冬，时节复易，朋友弃我。

第八首。新婚的丈夫啊，赶快过来相聚，“含英扬光辉”的蕙兰，过时不采，将会随秋草同萎。

第九首。采花。思人。

第十首。“盈盈一水间，脉脉不得语。”思人而未传达之苦。

第十一首。时光匆促，人生易老；盛衰转瞬，立身苦晚。

第十二首。沈德潜认为，“或以燕赵多佳人下另作一首。”确实，此首疑为两首错接。可重新分作两首。前半部，叹四时何速；后半部，写佳人思侣。如此，“古诗十九首”应为“古诗二十首”。

第十三首。“浩浩阴阳移，年命如朝露”，“不如饮美酒”，及时去行乐。

第十四首。生死与故乡的沧桑之思。

第十五首。因为“生年不满百”，“昼短苦夜长”，所以，“为乐当及时”，“何不秉烛游。”

第十六首。相见无期。伤感无限。

第十七首。久离别，长相思，而不得见。

第十八首。现实距离遥远，而相恋之心如“以胶投漆”，“谁能别离此！”

第十九首。明月之夜，“客行”的游子突生思乡的感伤。

——古诗十九首，选一个词做它的关键词，是“人”；选两个词做它的关键词，是“恋情”“生命”；再稍详解释，是“聚少离多的恋情”和“短促易逝的生命”。

——深刻的人生悲剧感，是古诗十九首伟大不朽的凭据。人生之宿命悲感，犹如漆黑无垠之夜幕；人生之世俗欢乐，只是夜幕上缀着的稀疏星辰。这是古诗十九首欲要告诉我们却又隐而未显的本质画面。两性的相思之苦、短暂的生命之痛，是编织此种漆黑夜幕的一经一纬。

——两千年的时间，人类技术的进步足可叹为观止；但就心灵的丰富和深致而言，今并不及古。

——古诗十九首中有关人生如寄、时光如电的句子，反复呈现，让人惊心动魄、印象深刻：

“思君令人老，岁月忽已晚”；

“人生天地间，忽如远行客”；

"人生寄一世，奄忽若飙尘"；

"白露沾野草，时节忽复易"；

"所遇无故物，焉得不速老"；

"人生非金石，岂能长寿考"；

"四时更变化，岁暮一何速"；

"浩浩阴阳移，年命如朝露"；

"人生忽如寄，寿无金石固"；

"古墓犁为田，松柏摧为薪"；

"生年不满百，常怀千岁忧"；

……

如此的憾叹中，彼时之人强烈的自我生命意识，其实已经毕现。

二二三　伟大幻象

诗人。有权活在过去、现在、未来的任何时空。有权在生和死、有和无、人和自然、现实和超现实之间，任意往来。

自我神圣。居高临下。只要愿意，他可以重布山河，可以给一切事物重新命名，可以决定毁灭和萌生。

我是我。我是任何之物。任何之物是我。物、我可以对话，可以语言沟通。

通灵。梦幻。呈示头脑中显现的伟大幻象。

二二四　时间终将它们冲刷干净

一个作家的最后成立，归根结底，在于他的作品。

显赫或孤寂，荣耀或歧视，主流或边缘，权贵或平民，所有这些作品之外的东西，时间终将它们冲刷干净。

作品。作家。就这么简单。

李贺和韩愈，在后世的阅读中，他们并没有身份的不同。

二二五　不屈服

一个真正的写作者，内心永远潜藏有“不屈服”的信念。不屈服于主流价值。不屈服于利益。不屈服于虚荣。不屈服于任何艺术法则。不屈服于各色炫耀的名家。不屈服于传统。不屈服于个人的既成。不屈服于自己。

二二六　看见

“看见”。一个优秀的写作者，对有形或无形的世间万物，必须有个人独特的“看见”。

日本大江健三郎（1935 年出生）的母亲曾训导幼年的大江：“如果不认真去看，就等于什么也没看。”

台湾的朱天文（1956 年出生）说：“何谓陌生化？那是对于一切习以为常的，理所当然的，殷殷发出了否定之呼叫……陌生化，使一切习惯成自然不被看见的，予以看见。”

这个“看见”，是概括说法，它的具体内容，还应包括：听见，嗅见，尝见，触见，想见……

二二七　孤寂生涯

世人眼中的孤寂生涯，应是一个作家的常态。

孤寂。这样的孤寂之中，作家享受着秘密的创造的喜悦。

当一个作家闭紧嘴唇，远离舞台和追光灯的时候，他内心的语词汹涌，他笔下的世界斑斓。

二二八　独处

“在文学上，我永远独处。”葡萄牙作家若则·萨拉马戈（1922—2010）曾经如是表白。

独处，我崇尚的一种精神姿态。

独处，显示着一个人内心的力量、自信以及不盲从于众的自我判断。

二二九　不站

出生中国，现居瑞典，2009 年当选为瑞典笔会理事兼国际秘书的万之，在他的《诺贝尔文学奖传奇》（上海人民出版社 2010 年 1 月出版）一书中，曾记述了他目睹的诗人约瑟夫 · 布罗茨基的一件小事。

1991 年，瑞典诺贝尔基金会庆祝诺贝尔奖颁奖九十周年，几乎所有在世的得奖作家都受邀出席，其中，就有 1987 年的得主布罗茨基。在当时参加庆典的诺奖得主中，布罗茨基最年轻，只有 51 岁。

庆典活动中，有一场盛大隆重的音乐会。演出即将开始，坐满了瑞典各界风流名士盛装淑女的观众席已经安静下来，乐队也在静坐等待。这时，突然众人纷纷起立，场内一片椅子翻动的声音。万之这才发现，原来剧场右侧的包厢内，瑞典国王也来出席音乐会了，所以听众纷纷起立致敬。出于礼貌，万之也赶紧站了起来。就在这时，他突然发现，坐在他前一排的布罗茨基却纹丝不动，布氏夫人也依然故我。

“在站立成一片的黑压压的人头中间，这两个空缺的位置在我看来是太醒目了，太招眼了，也让我太吃惊了。布罗茨基和他的夫人没有站起来！这就是我至今难以忘却的一个场面！”

不为国王起立的诗人！万之感慨：“它让我知道，不仅布罗茨基的诗歌是高贵的，他作为诗人也是高贵的。而且这是庸常之人不可企及的高贵。”

人格的高贵、尊严和重，让诗人不站。瑞典国王面前，布罗茨基如是；普京面前，索尔仁尼琴如是。

二三〇　巨型作品

索尔仁尼琴的《红轮》，篇幅超过千万字的巨型作品。北京作家张守仁感慨：在这样的作家面前，我们何其渺小！江苏评论家汪政激动：索尔仁尼琴的写作，“早已突破了小说甚至文学的疆界”，“将人类的表达形式完全打通了”，“在这伟大的史诗面前……一切技术的考虑，一切形式的斟酌还重要吗？”

亚历山大·索尔仁尼琴（1918—2008），我记住他的，是这样一句话：

“我们每个人都是宇宙的中心。”

二三一　艺术

艺术。孤身独对。

二三二　奥克塔维奥 · 帕斯的源头

“我住在墨西哥城郊一个小镇的一幢破败的老宅里。住宅有一片热带树林花园和一个藏满了书的大房间，那是我进行最早的游戏和学习的地方。花园变成了世界的中心，藏书室变成了使人着迷的洞穴……庭院里有一棵无花果树，长得特别高大，有四棵松树、三棵欧洲白蜡树、一棵夜来香、一棵石榴、一块草地、一些容易引起紫色擦痕的带刺植物……空间是旋转的……我的时间，花园、无花果、与朋友们进行的游戏、下午三点钟在阳光下的草丛里的瞌睡、微微裂开的无花果（又黑又红，像一块火炭，一块柔软而新鲜的火炭）的时间。”

一位诗人的源头，奥克塔维奥 · 帕斯（1914—1998）的源头。

寅月

幻象·故乡

二三三　月亮

月亮。阴郁夜晚，月亮藏在乡镇的河水之中。顺着曲折狭窄的青苔河道，这轮圆月，游入一处古旧的大宅。

雕花的古宅围墙高严，形成局部封闭的一个世界。从河水深处，皎洁的月亮，首先缓缓升起于幽暗卧室，然后移出卧室，凝停于庭院的中空。

一只无依无靠、来自永恒的青白灯笼，照耀乡镇，照耀这处被世界遗忘的古宅。

古宅内部，晕红的帐幔微微掀起，一位同样皎洁的女子，她的耳坠的银光，与这封闭世界内的月光相撞，激发出微弱却精致的泠泠清响。

二三四　火焰之神

故乡的火焰之神，是龙。龙窑，这条遍体燃烧的金色之龙，它会潜入故乡的河流内部，在河面遗留粼粼的金焰波纹；它也会在午夜飞升墨蓝的天空，与漫天的星石擦溅，形成道道炫耀的星河；它在五月点燃麦浪，十月焚烧稻海；它也每天缩小，安静地偎藏在我家灶膛的铁锅底下，让我们享用清贫却热烫的饭粥。

二三五　地球·茶壶

地球，这只巨大的紫砂茶壶，它的蓝色与黄色相间的壶身已经铸就；接下来，由谁，来给它安装壶嘴和把手？

天地的窑炉内，一千只鲜艳炽烈的太阳，跃跃欲试地围绕着，准备最后将它烧成。

二三六　人龙共生之地

故乡，人龙共生之地。

银龙：散乱并且闪耀的乡音河流。

金龙：火焰静涌，昼夜不歇，此起彼伏地吞吐陶器的无数“龙窑”。

苍龙：被岁月与人生的慢，一遍遍刷暗的条条旧街。

云中或者地上，春夏或者秋冬，我们沉睡的时候，无数条银龙、金龙、苍龙，鳞甲闪闪，或者尽情翔游，或者安稳休憩。

人的故乡，也是我们如此熟悉的龙的聚居之地。

二三七　问

火，或，激流般的红色泥土，是否可以视之为故乡血液？

二三八　气味：童年和故乡

未经火烧的干燥陶坯，破碎后散出的泥尘味；
青竹剖开后的清香味；
家里低矮阁楼上，塞满的新鲜稻草的干燥香味；
从窑场干活回家，父亲身上的汗湿和火焰味；
母亲带回的矿石加工厂的剧烈粉尘味；
夏天空气中奶油棒冰的甜味；
米粥煮好后弥漫家中的米香味；
过年时咸猪头被煮烂时散发的诱人咸香味；
猪圈里的猪粪味；
人家砌新房上梁时，爆竹炸响后的火药味；
家里幽暗的陶缸里储存的陈稻谷味；
端午前裹粽子，浸在木盆清水中的粽叶的清香味；
月夜里东坡书院两只石牛的岩石味；
蜀山上的古陶片味和漫坡松林的青郁味；
“合新陶瓷厂”公共浴室里白雾腾腾的尿臊味和肥皂味；
烧造陶器的窑火扑面而来的热浪味；
供销社玻璃柜内八月半前的高级月饼味；
书院浜、蠡河，这两条有虾和鱼的河水的淡腥味；
春天黄昏无边油菜地的馥郁味；
夜晚红花草田的冷涩味；

自家屋顶上星空的冰凉味；

一只久不打开的木头抽屉内的亲切霉味；

儿时游戏：将擦燃的火柴放入口中时闻到的磷硫味；

烫铁锅里的焖山芋味；

蜀山老街鳞次栉比的木楼的腐朽味；

有山麓树影投进来的东坡小学教室里的粉笔灰味；

初春嫩柳枝，被褪皮做成柳枝灯笼的青汁味；

蠡河轮船码头的铁锈味；

……

——以上个人记忆中的气味，构成了我全部的故乡和童年。

二三九　夏天黑暗

南方乡镇夏日，发亮，漫长，空旷，有远逝的孤寂少年的影子。

这种夏日，现在，常在记忆中炫耀我，让我发生瞬间的黑暗。

所以，夏天黑暗。

二四〇　银鱼

那么多晶莹剔透的银鱼，在太湖的内部灵活游动；弥漫青色月光的深夜，这些轻盈闪烁的银质细鱼，便会从湖的内部飞升起来，悠游于无边温柔的月色里。

人们都说，银鱼，那是昔年孟姜女的透明泪滴。

二四一　梦境，又

有时候梦境残酷，却有着现实的真实——

天空般广大的一块黑色沥青压下来，盖住了稻田、桑林、茶园、水街、河流和露水的晨昏日子。

江南，成了一块光滑、统一，疾驰着疯狂钢铁汽车的黑色沥青。

二四二　夏午

夏日。20 世纪 70 年代的蝉声，在闪亮的田野和隐藏火焰的陶瓷工厂上方回荡。

炽热寂静的午后，旧街屋檐的狭长阴影，锐利、深凉。

灶屋的木头方桌上，一把厚铁打制的笨重菜刀的刀刃上面，沾有渐干的西瓜汁水和半粒被切碎的白肉黑皮的西瓜籽。

劳作了一上午的母亲，在竹凉席的床上已起鼾声。父亲的午睡地，则习惯在有穿堂风的堂屋，用两张硬硬的木质长凳拼成。

丝瓜花和南瓜花在不发出声音地比赛叫喊。屋角一块微小的碎玻璃，在兴奋地炫射它幸运遭逢的珍贵日光。

天空无边且蓝。

绿绿的蠡河，竭尽全力要昂起身来——它迫切地想与这南方的天空交融。

二四三　太阳·月亮

我见过苍白的江南太阳。
也见过血红的故乡月亮。

二四四　泥土的光芒

故乡的泥土具备光芒。
红色光芒。
黑色光芒。
紫色光芒。
青色光芒。
我看见过泥土的光芒。

二四五　黑暗旷野中的金色少年

那位在旷野中行走的少年，和我一样，对黑夜中的火，是如此熟悉。

他的左臂高举。火焰从他的左手指端开始燃烧。像水濡湿了一张宣纸般，火焰，从少年的指端蔓延至整个手臂——浸透火焰的左臂，已成一条金色透明的臂膀，看得见其中同样是金色的骨骼和流动的金色血液。火焰漫过他的头颅，金色的头颅；火焰漫过他的右臂，金色的右臂；火焰漫过他的胸膛，金色的胸膛；然后是金色的臀部、大腿、膝盖、小腿和脚掌。

在黑暗的河流、黑暗的水街、黑暗的山峦、黑暗的陶瓷工厂、黑暗的乡庙所组成的背景映衬下，旷野中通体金色透明的行走少年，是一尊我熟悉的神。

二四六　绿火

粽香的五月，故乡的火焰是绿色的、清凉的，火焰里，还漫逸有新发树叶的香气。这种绿色、清凉、含有新叶香气的火焰，并不仅仅局限在烧制紫砂陶器的窑炉内，故乡的流云，河上的淡雾，蠡河蜿蜒漾动的水波，还有乡人昼夜呼吸的空气，同样全由这种火焰的元素组成。

我熟悉这种火焰。我的贫瘠的童年，我的从喉间发出的方言声音，都深含有这种特别火焰的清凉和绿意。

二四七　宛如游泳

忽忆少年时，在成熟无边的麦浪、稻浪间行进，宛如游泳。

二四八　午夜巨兽

午夜的云月之下，故乡田野上单独耸起的松竹蜀山，像一头仁慈的、剪影般的巨兽，趴在古老的蠡河边，汲饮清粼粼的河水。

趴着的、剪影般的巨兽内部，我知道，仍是火焰，正在生育陶器的寂涌火焰。

二四九　摇晃

时常，感受身下大陆的摇晃。

摇晃。

源于东部太平洋的深暗涌动。

二五〇　夏的冬眠

雪的深冬。

擦燃火柴，火苗，在双手拢住的小小空间内绽放。

随即，黑暗的灶膛红亮起来、炽热起来。整个故乡夏季的热与光，原来，是汇凝并冬眠于此。

夏的冬眠，仍有局部的、如此激烈的逼人灼烫。

灶火燃烧，灶膛、灶间，以至整个幽暗的家族，又红又亮。

清贫窗外，是祥瑞的、正扑簌而下的静静落雪。

二五一　大海·少年

少年在安睡。

每夜，深青色的东方大海，总要从他的头顶漫过去一次。

二五二　肉和时间的属性

青石街板。被肉的脚底和河水一样的时间，磨得光洁、细腻。

青石街板，因此，有了肉和时间的属性。

黎明之前，它有露水和雪意的深凉。

而炎夏的正午，这又是一方灼烫的国度。一只误闯其内的蚂蚁，蚁足，被瞬间灼伤。我看见这只蚂蚁的惊恐逃离，挣扎着、趔趄着的惊恐逃离。

二五三　两面镜子

我想一窥镜子。童年居住的旧屋东面，太湖的镜子，太平洋的镜子。

我想将这两面镜子竖起来。

镜中，有万物与人生。

二五四　安慰与深忧

农历四月十一是父亲生日，于是下班前返乡，准备晚上陪八旬老父对饮一杯。沿途，被村落、工厂、河流、开发区、集镇和四通八达的宽阔沥青公路所间隔的田野上，是零乱汹涌的麦芒和沉重的尚未收割的成片油菜籽。这两种肆意成熟的作物，让人感到，江南土地那一种恒久的原始强力仍存，即使被现代机器工业狰狞侵蚀，剧烈减少的土地，仍在喷吐人类所需的一切。

永远不应失却敬畏和崇拜——对承载我们的沉默土地。

二五五　航行之舟

少年的我目睹到：午夜星空下的古镇，在麦浪、稻浪以及火焰的波浪之上，像一艘驶往梦境或彼世的航行之舟。

二五六　声音：童年和故乡

如下声音，同样参与构成了我的童年和故乡——

黎明前的三点钟，父亲去合新陶瓷厂的窑场上班，出门时手中的木头扁担有时轻微撞击木门的声音。

父母卖掉家里养了半年的猪后，从供销社买回收音机，一家人围着调台时从纤维板壳子里发出的沙沙噪音声。

无锡班轮船抵达蜀山码头时的汽笛声。

为检查有否破损，父亲蜷着指骨对着陶器的敲击声。

生产队谷场上，脱粒机停止时突然产生的寂静之声。

窑炉熊熊，又一车陶器出窑时扑面而来的火焰之声。

弹弓里的小石子没有击中树枝上的“知了”，它瞬间飞起时的慌张叫声。

合新陶瓷厂中午工人吃饭时拉的警报声。

祖父夜里的咳嗽声。

姐姐勤工俭学，在家里敲泥质算盘珠子的声音。

和父亲合力将整筐稻谷倒入大缸的倾泻之声。

路旁电线杆上的高音喇叭，中午播放江苏人民广播电台的“你知道吗”节目的声音。

竹刀劈木柴、旧竹的声音。

紫砂盆内，斗赢了的蟋蟀疾走一圈停下来，鼓翅鸣叫的清脆骄傲之声。

家中灶上的大铁锅里，油被烧烫后倒入青菜时的爆响声音。

夏天正午，骑自行车的卖棒冰人，用木块敲击木质棒冰箱的空旷声音。

大雨落在瓦屋顶上的夜晚之声。

雨前乌云密布时从东面太湖上空滚过来的隆隆雷声。

金黄的菜花上、灰暗的墙缝边，蜜蜂肥胖的嗡嗡声。

娘娘庙或东坡小学的场地上放映露天电影，看到激动处乡亲观众们自发的鼓掌声。

入睡后又被吵醒的拖拉机开过时的啪啪啪声。

家里挂在墙上的农村有线广播发出的：施鸿鄂的声音。朱逢博的声音。于淑珍的声音。郑绪岚的声音。关贵敏的声音。沈小岑的声音。关牧村的声音。《满山红叶似彩霞》的声音。《乡恋》的声音。《月光下的凤尾竹》的声音。广播剧《代号白牡丹》的声音。评书人刘兰芳的声音。

自家或邻居家的公鸡打鸣声。

猪圈里猪的哼哼声。

写完家庭作业，起身召鸡回家进窝的唤叫声。

夏天，劳累了一上午的父母午睡时的疲倦鼾声。

将灶上的大铁锅取出，倒扣院场上，用镰刀铲锅底灰的声音。

夏夜水田里此起彼伏整片整片的热闹蛙声。

阁楼上稻草间老鼠发出的吱吱声。

晚饭后在门外，有伙伴招呼出去玩的“咕咕咕、咕咕咕”的仿鸟暗号之声。

担着木桶从蠡河挑水回家，倒入灶间大水缸时的哗哗之声。

过年前家里自己碾米粉，牵转石磨时的吱呀声。

午夜偶尔醒来，听见同样醒着的父母，悄声说话的声音。

……

独特的声音，一页页，我人生的音频之书。

二五七　远去的少年夏日记忆

盛暑回宜兴丁蜀镇老家。年迈的父母早睡。

繁星的夜空之下，端了一大盆温水，赤裸着立在自家院中冲澡。偶来的夜风吹过水湿的温热身子，感觉激凉——远去的少年夏日记忆，顿时涌来。

二五八　叫魂灵

魂灵安居于体内。失魂就要生病。回忆故乡的“叫魂灵”。

“叫魂灵”，江南驱邪风俗。一般在黄昏天刚擦黑时举行。用一干净碗盏，放满清水，将黄裱纸平糊碗口。一人主叫，由叫魂者的助手——应声者双手端住，随路而行，注意不能让水溅泼到外面。返程时，要验视黄裱纸下碗中有无水泡。有泡者，则寓示魂已归附，将此碗端放在小孩枕边，至天明孩子即可病愈。若碗中无泡，便意味着没找准失魂之地，需要重新判定孩童生病前主要活动点为失魂处，再来一次。

二五九　巨冰内的火焰

父亲制造的火焰，故乡的烧陶火焰，在冬天的巨冰内被禁锢。

这些燃烧的花枝，像字迹，在白色巨冰内，昼夜不歇地灼红曳动。

二六〇　灶君

日日柴米烟火熏供的灶间，安居着仁厚的灶君。他从来就是我们家庭的一个成员。沉默恩慈着，护佑我们四季清贫洁净的平安。

每年的腊月二十四，他短暂地告别我们，乘着竹筷削成的轿子，或骑在橱角蟑螂幻化而成的红色匹马上，前往云端的玉帝处。

在此期间，我们热气腾腾地蒸糕、做团子，准备过一年一度的年，准备他的再次回家。除夕，在我们热烈的盼望迎候中，仁厚的灶君，如期回归了我们的家。

二六一　火焰：幽暗和忧郁

故乡的火焰，它貌似明亮的内里，其实更多地，含有幽暗和忧郁的成分。

二六二　受两股强劲气息交融沐浴的故乡

再说故乡：位于中国东部的江苏宜兴。

从宏观而言，故乡接受两股强劲气息的交融沐浴：自西而来，是青藏高原的雪域气息；自东而来，是浩瀚太平洋的海洋气息。这是两股分别来自世界最高处和最低处的强劲气息，一阴一阳（自水为阴，自山为阳），阴阳交泰于东部中国。如此，故乡幸甚。

从微观而言，处于大海之滨的故乡宜兴，还独特地领受一份火的滋养。宜兴是闻名于世的古老陶都，熊燃的窑火，遍布各个角落。四季不熄的火焰，让故乡之灵魂之精神，独具了一种隐不轻发的灼人质地。

二六三　南方

南方深绿秘奥。

二六四　文字电影

用文字的电影，写一遍个人的独特故乡，写一遍故乡的梦，写一遍梦的故乡的国度。

而这部电影的核，以及背景光源，就是火焰，诞生我的、跃动着乡音的底层火焰。

二六五　火焰中的故乡国度

火焰中被烧得通红的缸、瓮、壶、盆、罐，非常柔软，视觉中甚至在微微拂动。

这是我记忆深刻的、火焰中的故乡国度。

二六六　我的老家

陋旧的老家。挂于壁上的中堂画，是印刷的“仙鹤青松红日鲜花”图。两边对联为：“历寒劲松增寿图，翱云鸿鹤创业诗。”中堂右侧是传统的日历，父母每天撕去一页；左侧是父亲的退休证，用镜框装裱，悬挂于石灰斑驳的墙上，具体内容为：“曹正洪同志。光荣退休。国营宜兴合新陶瓷厂。一九八六年六月。”中堂下面是一张长台，上面放置着瓷质的送子观音、茶叶筒、电饭锅、微波炉、报纸等物。

二六七　未来一本书的题记

博尔赫斯：“他见过暂时和永恒的火。”

——此句可作为我未来一本书的题记。

二六八　爱人的诞生和成长地

“东门东虹桥下油厂的菜籽饼味道，我至今都说不出，自己究竟是喜欢还是不喜欢。初闻觉得很香。多闻了，就感觉头会发晕。”

“泡桐树花，在黎明时分落地的奇特声音——‘哺突’，‘哺突’，很钝的声音，像是轻盈，却还是沉重，它们曾经让我从梦里醒来，静听它们。”

“清晨醒来，起床开门，第一眼看到的就是大池河清亮的水质，在朝霞的映照下透着阵阵轻盈，金币一样闪烁，似乎能让人听到一种金属的声响。”

“……接下来等着我的，是宅前屋后一片一片的凤仙，双瓣的、单瓣的，白的、红的、紫的，在灰暗的村庄，它们色彩鲜艳地跳跃在夏季的夜晚。在夜色里摘下它们放入一只白瓷碗里，满满的一碗鲜花……花的汁液溅到碗的四周，在夜晚的黑色灶间，它比一盏灯显得更亮。”

——“如果说每一个人的身体都是一个容器，那么最先盛放的，都会是自己生命早期的点滴，光明与阴影，都犹如母亲的初乳，浓郁而芳香，长长久久不能忘……”爱人麦阁的诞生和成长地。一座我如此热爱、却已被华美锃亮的现代商业广场吞噬了的南方村庄。

卯月

宇，上下四方；宙，古往今来

二六九　“三”字神奇

“道生一，一生二，二生三，三生万物。”

“三”字神奇。

时间是三：过去，现在，未来。

空间是三：天，人，地。

承载人类的地球结构是三：地壳，地幔，地核。

任何事物似乎也逃脱不了三：开始，过程，结束。

天地有大美而不言。

天地有大秘密而不言。

天地唯以呈现。

二七〇　圆

几乎所有的星球和绝大多数的果实，都是圆的。这是否在提醒人类：圆融的重要。

是圆，而非方，这是否在告诉我们：人类的存在之道、与自然的相处之道，应该是对话、沟通，而非是尖锐的对抗、暴力。

二七一　太极图

徐长宝老师教我认识太极图。

太极图分为内外两部分：圆形的太极阴阳鱼，是其内部分；圆形阴阳鱼图之外的内容，是太极图的外部分。——由是，东方的太极图，涵括了整个宇宙。

此解令人震惊、心折。

二七二　用“恭慎”而不用“敬畏”

太极拳练习之内在态度，徐长宝老师用“恭慎”而不用“敬畏”。

两词初看近似，然而细辨之，一主动，一被动。“恭慎”，是从己出发的恭敬慎重，行为主动；而“敬畏”，有迫于外在压力之意，行为被动。“恭慎”的谦涵之中，潜有君临天下之隐势。

中国文化之柔，亦是如此。这种柔，是以退为进的主动之柔，其内里，潜有消化寰宇之极刚。

二七三　神异

“其大无外，其小无内。”

——细品，遂感叹人的意识的伟大与神异。

二七四　人与宇宙融一

但凡登堂入室的武术家，没有一个只是拘泥于局促己身，他们的拳中，均涵藏有大，涵藏有人天合一的东方哲学。

大成拳创始人王芗斋（1885—1963）："研拳大可包容全身，小能微达指掌。细则精求于丝毫，广可盖及天地。神可近求远放，意能守身含宙。"（《王芗斋窍要谈》）

陈式太极拳名家冯志强（1928—2012）："练拳还要注意感觉，动生阳，静生阴，虽然不用劲，但是气魄很大，头顶着天，脚踩着地，有与天地同体、日月同大的感觉。"（余功保《随曲就伸——中国太极拳名家对话录》）

孙禄堂之女、孙式太极拳名家孙剑云（1914—2003）："先父讲，练武术，宇宙为一个大周天，人身体就是一个小周天，我们练武术的是要实现'内三合，外三合'，就是要把天时、地利与人融合在一起，求得一个大的'中和'，这就是我们练武术的一个重点。"（余功保《随曲就伸——中国太极拳名家对话录》）

二七五　死亡之前的十三种感受

在网络上看到一则材料，介绍了人类在死亡之前的十三种感受。

看此，不禁使我回忆起昔年自己的一次短暂昏厥体验。那次因眼睛进了异物去医院，取出异物去划卡窗口付费时，突然感觉异常，但并不恐惧难受。当时只觉身体轻盈，缓缓欲飞，不远处一道明亮的山冈之上，有简单的一棵树，树旁还有一两个人。然后，就恢复了正常知觉，只听到划卡窗口内女工作人员在拿着电话喊："不用来了，他醒过来自己爬起来了！"坐到一旁的长椅上后，发觉头的一侧疼痛，原来刚才昏倒时磕在大理石地面上了。

网上的这则材料，是这样介绍人在濒死时的十三种感受的。

1. 人是一种相当依赖精神的生物，当人濒死时，一道微弱的白光就可以让死亡变得不那么可怕。这时，周围会出现别的"人"。这个"人"，要么是来协助他们安然过渡到亡者之国，要么是来告诉他们，丧钟尚未敲响，得先回去再待一段时间。

2. 他们亲耳听到医生或是在场的其他人明确宣告自己的死亡。他们会感觉到生理的衰竭到达极限。

3. "濒死体验"初期有一种平和安详、令人愉悦的感受。紧接着会感到疼痛，但这种疼痛感一闪而过，随后会发觉自己悬浮在一个黑暗的维度中。一种从未体验过的最舒服的感觉将他包围。

4. 有人反映他们感到被突然拉入一个黑暗的空间。你会开始有所知觉，那就像一个没有空气的圆柱体，感觉上是一个过渡地带，一边是现世，一边是异域。

5. 发现自己站在了体外的某一处观察自己的躯壳。一个落水的男人回忆说，他自己脱离了身体，独自处在一个空间中，仿佛自己是一片羽毛。

6. 他们竭力想告诉他人自身所处的困境，但没有人听到他们的话。有一名女子说，我试着跟他们说话，但是没人能听到。

7. 脱体状态下，对时间的感觉消失了。有人回忆说，那段时间里，他曾不停地出入自己的肉体。

8. 视觉、听觉比之前更加灵敏。一个男子说，他从未看得如此清楚过，视力水平得到了不可思议的增强。

9. 在这之后，会出现强烈的孤立感和孤独感。一位男子说，他无论怎样努力都无法和别人交流，所以，“我感到非常孤单”。

10. 在“濒死体验”最后的时刻，会出现亮光。

11. 这个时候，当事人会对一生做一次全景式的回顾。当亲历者用时间短语来描述它时，都是“一幕接着一幕，按事情发生的时间顺序移动的，甚至伴随着画面，当时的一些感觉和情感都得以重新体验”。

12. 在这时，人会遇到一道可以被称作是“边缘”或者“界限”之类的东西，阻隔你到某个地方去。关于它的形态有多种表述：一摊水、一团烟雾、一扇门、一道旷野中的篱笆，或者是一条线。

13. 如果有幸被救活了，在“濒死体验”进行到某种程度后，人们必须“回来”。在最开始的时候，许多人都想赶快回到身体中去，但是，随着“濒死体验”的深入，他开始排斥回到原来的身体，如果遇上了光的存在，这种情绪就更为强烈。随后，你就真的“回来”了。

二七六　宇，上下四方；宙，古往今来

宇，上下四方，指空间；宙，古往今来，指时间。

按照现代科学知识，确立一个人所在的位置，无外乎时间和空间两大元素。以此而言，我们和屈原、李白、杜甫、苏轼这些前辈诗人，是同处在中国这个“宇”内，所不同的只是“宙”，在时间的长河中，我们与他们不是“共时”而是“异时”。即使这样，在两大元素中也有一种相同，所以，中国文学中这些前辈对我们的影响和辐射，依然是如此强劲和亲切。

二七七　广宗寺

广宗寺。内蒙古自治区阿拉善左旗巴润别立境内。腾格里沙漠边缘、贺兰山西麓某处山谷。传说为六世达赖仓央嘉措的最后归宿地。

山风劲烈。寂寂无人。拜谒仓央嘉措荼毗塔（荼毗，焚烧之意）。敬捡小石两枚。一枚赭色六面斜方小石，星点金光隐约耀烁其间，其中一面有天然图形，一僧趺坐修行；一枚浑圆，苍黑与褐红间杂，宛若舍利。

二七八　毛笔

极柔软的中国毛笔，能写出极雄健刚强的汉字。极柔，可生成极刚。毛笔，中国哲学的一个具体载体。

二七九　激烈·寂静

午夜，白亮的闪电间隔炫起，惊心动魄、持续炸响的霹雳似乎就在窗外，如倾如泼的雨水受到屋侧两棵巨大银杏树冠的承托阻击，声音沸腾。这是局部的自然的激烈。

从稍大的范围——太平洋西边的中国平原低地——来看，这种局部的激烈顿时变得细微弱小。

从外太空来看，闪电、霹雳、雨声已经完全消失——地球，始终是一颗寂静的、缓慢转动的蓝色星球。

二八〇 说无锡

无锡此域，以重商崇利为其主流色调。但就是这样一个以“有没有交易”为口头禅的地方，自古迄今，竟也诞生过如许卓然不群的人文大家，如：一代画圣顾恺之，文人画鼻祖倪云林，东林党首领顾宪成，国学大师钱穆，顶级民间音乐家阿炳，名重海内外的文学研究家钱钟书，等等。此中何因？无锡籍作家陆永基如下一段探讨分析，深刻独特，颇堪玩味：

“无锡尽管总会出现一些令人惊异的人文奇峰，却仍然无改整体人文生态的低洼和贫瘠，无锡的人文缺乏一脉相承强劲清新的历史传统，也少见书香氤氲文气盎然的现实氛围……说得极端一些，甚至正是‘庸俗无锡’的整体存在，才会有人文奇峰的‘灵光偶现’。因为在无锡这样一个注重实际注重生计的地方，对一般性的人文实践绝不会提供安乐舒适又时尚风光的生存环境，真要有所作为，除了加倍的坚忍不拔，更需清操独立、建树非凡并无视一切世俗浮华。这固然增加了孤寂、艰辛和困厄，却也幸免了艺文繁华之地必然会有的趋同、流行、浅薄和媚俗，从而铸造出真正具有人文价值的秉操特具的成就。”

二八一 “大同”理想

生活在地球这颗蓝色星球上的70亿人类如何共处，中国哲人费孝通（1910—2005）提出东方式的智慧主张：

“各俗其俗，各教其教，各美其美，美人之美，美美与共，天下大同。”

惜乎，这可能永远只是人类的一个美好理想，以今日世界之格局视此“大同”理想，尤觉悲观。

二八二 死亡或活着的土地

无论城市如何繁华、璀璨，承载城市的大地是已经死亡的；而广大的山川平野（尽管正在日渐丧失），却是活着的，会呼吸、睡眠、醒来、涌动——这并非是分析，而是自我的内在身体，在某些时刻如此清晰地感触到的。

二八三　东坡的苦与乐

与家乡江苏宜兴关系深厚的苏东坡（我当年就读的小学，即为设在东坡书院内的“东坡小学”），于1101年（建中靖国元年）7月辞世。而6月所写的《乞致仕状》，悲痛锥心，可见诗人真实生活之一面。其状后半部为：“臣素有薄田，在常州宜兴县，粗了饘粥，所以崎岖万里，奔归常州，以尽余年。而臣人微罪重，骨寒命薄，虽以授陛下再生之赐，于五月间至真州，瘴毒大作，乘船至润州，昏不知人者累日。今已至常州，百病横生，四肢肿满，渴消吐血，全不能食者，二十余日矣，自料必死。臣今年六十有六，死亦何恨，但草木昆虫有生之意，尚复留恋圣世，以辞此宠禄，或可苟延岁月，欲望朝廷哀怜，特许臣守本官致仕。”

观东坡一生之大局，其迁谪流离，颠危困厄，可谓“苦”；而坡翁本人，却无视大局，独独注目并享受于困苦大局之间无数细小的、当下的“乐”，所谓“任性逍遥，随缘放旷”（东坡《论修养帖寄子由》），所谓“虽当群口见嫉，投荒濒死之日，而洒然有以自适其适”（赵用贤《刻东坡先生志林小序》）。正是由无数细小、当下的“自得其乐”，完成了东坡让人亲切、令人钦敬的一生。

东坡一则《记游松风亭》短札，可形象呈现其生活哲学与人生态度：“余尝寓居惠州嘉祐寺，纵步松风亭下，足力疲乏，思欲就亭止息，望亭宇尚在木末，意谓是如何得到？良久，忽曰：‘此间有甚么歇不得处？’由是如挂钩之鱼，忽得解脱。若人悟此，虽兵阵相接，鼓声如雷霆，进则死敌，退则死法，当甚么时也不妨熟歇。”——“此间有甚么歇不得处？”谨记。

『石涛与我有什么关系』

辰月

二八四　著名作家收到的退稿信

简·奥斯汀（1775—1817）收到的："如果阁下要我们买下这部书稿的话，我们宁愿用同样的价钱把书稿退回去——只求您打消这个念头。"——被拒绝的《诺桑觉寺》，于1817年出版。

塞缪尔·贝克特（1906—1989）收到的："这两部书稿我都看不下去——也就是说：我的目光根本就拒绝在任何一页上面逗留。"——被拒绝的《马洛伊》《马洛纳之死》，于1951年出版。

威廉·福克纳（1897—1962）收到的："因为你写得太过松散，所以我想再怎样修改也没有用。我拒绝出版这部书稿的主要理由是：你根本没有故事可以写。"——被拒绝的《萨托里斯》，于1929年出版。

古斯塔夫·福楼拜（1821—1880）收到的："你用一堆琐碎的细节遮掩着你的小说，以致它失去了原貌——那些细节写得很好，只不过太肤浅了……"——被拒绝的《包法利夫人》，于1856年出版。

诺曼·梅勒（1923—2007）收到的："出版你这本小说，会让出版界的水准倒退二十五年。"——被拒绝的《鹿苑》，于1955年出版。

毛姆（1874—1965）收到的："虽然我不会说这是一本令人无法忍受的小说，但我认为它是一本差劲的小说。"——被拒绝的《刀锋》，于1944年出版。

赫尔曼·麦尔维尔（1819—1891）收到的："我们必须遗憾地说出我们一致的意见：彻底反对这本小说的出版……这是一本很冗长、风格陈旧的小说。"——被拒绝的《白鲸》，于1851年出版。

欧文·斯通（1903—1989）收到的：“一部关于某位画家的小说，写得又冗长又无聊。”——被拒绝的《渴望生活》，于1934年出版。

纳博科夫（1899—1977）收到的：“我建议不如把这本小说用石头埋起来，一千年后再找人出版。”——被拒绝的《洛丽塔》，于1955年出版。

……

所以，一个作家（艺术家）坚定的自我判断，不为外界左右的艺术自信，何其必需！

二八五　思想磨蚀容颜

思想的强力足可磨蚀世俗的女性容颜性征。汉娜·阿伦特（1906—1975）和苏珊·桑塔格（1933—2004），这两位20世纪伟大的女性哲学家，在她们的晚年，已显现出如此鲜明的男性化迹象。

二八六　汉娜·阿伦特和马丁·海德格尔

从汉娜·阿伦特和马丁·海德格尔（1889—1976）持续一生的特殊恋情来看，真正的两性之爱，可以顽强到出人意料，完全能够超越意识形态、种族、政治主张甚至是所爱对方的人性缺陷。

阿伦特对海德格尔的爱几乎是无条件的。他们相识于1924年的德国马堡大学。其时，刚入学的阿伦特18岁，没有任何恋爱经验，而35岁的海德格尔则已经有了妻子和两个儿子。少女学生对年轻的哲学家老师一见钟情，两人都从彼此的目光中读出了内心的倾慕，爱情在秘密之中迅速发展。阿伦特心甘情愿地接受一种不平等的爱：完全按照海德格尔的意愿和时间表与他交往，在他需要时前往，在他忙碌时等待。

1933年希特勒实行独裁统治，作为生活在德国的犹太裔女性，阿伦特为逃避屠杀，先后流亡法国、美国。而此时的海德格尔则被选为弗莱堡大学校长，并且加入纳粹，在就职演说中，公开发表支持纳粹的热烈言论。

二战结束后，阿伦特对海德格尔的感情，并未因两人生涯的种种而变淡或消失，阿伦特的心中，依然对她的老师情人充满强力之情，就像她以前倾吐过的："如果我失去了对你的爱，就失去了活着的权利。"

尽管两人都已有家庭，1950年2月，阿伦特仍从美国到德国来与海德格尔会面。此时两人的处境，和1933年相比，已经发生了戏剧性的变化：阿伦特已是研究政治哲学的世界名人，她的言论在知识界具有举足轻重的影响；而海德格尔，因为二战期间亲纳粹的表现受到审查，被停止了教课，终日抑郁。

他们重新恢复了恋爱时期那样频繁的通信。而且从 1967 年直到 1975 年辞世，阿伦特每年都前往德国去见海德格尔。海德格尔的遗存信件表明他深为感动。

1966 年 10 月，阿伦特 60 岁生日时收到海德格尔的贺信，她的回应，显示着这位饱经沧桑的女哲学家对海德格尔的情感依然是如此之深："你的秋日来信给我带来极大的喜悦，最大的喜悦。"

1969 年 9 月，阿伦特专门为海德格尔 80 寿辰在电台发表演讲，盛赞他对哲学的贡献。关于海德格尔为纳粹效力之事，阿伦特辩解，几乎所有伟大的思想家身上都存在暴力倾向，都患有职业畸形病，阿伦特在演讲的最后这样总结："如同柏拉图的著作在千年之后仍向我们劲吹不息一样，海德格尔的思想掀起的风暴来自远古，臻于完成，此一完成如同所有的完成一样，又归于远古。"

汉娜·阿伦特让我们相信她的这种信仰是真实的：爱与生命的外延相同，生命本身的特性，就在于爱。

二八七　适应与不适应，满足与不满足

近期若干偶然的阅读，让我感觉第一次发现了刘心武（1942 年出生），一位我认同并敬重其内心的作家。我的认同和敬重，首先在于他的主动避离文学圈：“自觉地选择了边缘站位。”其次是他的精神态度：“知足知不足，自重亦自轻，是我花甲后的精神常态。”

刘心武先生的这种“精神常态”，和大学毕业时一位师长对我们的临别赠言极其相类：“适应与不适应，满足与不满足。”命运安排你到任何环境，你首先必须“适应”；在“适应”的基础上，你又应努力“不适应”：始终清醒地保持住个人心灵的独立和自由。在任何一个环境，你没有理由怨天尤人，你要善待自己，自我满足；与此同时，你的内心深处又始终要有一种“不满足”的思想存在，以“不满足”作为动力，去实现人生的更高目标。

二八八 “山西王”阎锡山

“山西王”阎锡山（1883—1960）并非是想当然的“土老帽儿”。昔年在晋参观阎锡山宅，对遍布宅内的、大白话式的各类待人处事格言印象尤深，至今记得其中一条为：“请人原谅者，低人一着。原谅人者，高人一着。”

近读《阎锡山日记：1931—1950》（北京九州出版社 2011 年 7 月第 1 版），觉阎氏体内周流贯注的，竟是传统儒家之血液。他认为“做人要受中国文化之陶冶，做事要受科学知识之指导”。他对子女的十六字家训是：“轻财重义，讷言敏行，俭己厚人，恭己恕人。”他信奉中国克己立身此一传统：“能容大逆者，始能受大任。能忍大辱者，始能成大事”；“利人之事当毅然决然，利己之事当审之慎之”；“以大度量容人是德，以谦道处人是吉，人之一生当向容与谦上继续不断地做功夫。”

阎锡山对自身，对自身所处的微观及宏观环境，始终识见清醒。1949 年 6 月 13 日，阎氏曾在广州任“中华民国行政院院长兼国防部部长”之职，不过他心中已经了然，万般诸事乃“知其不可为而为之”。在同年 8 月 18 日的日记中，阎氏已经明确判断：“今日中国是病命相连。不治病，病必致命。治病，须病命同去。”

其实，早在抗战胜利后，阎锡山就清醒于中国的大势。1946 年 11 月 11 日，有客受蒋介石委托，就国共两党事，来问策于阎。阎氏如是分析：“就双方本身比较我得力而彼得势。就潜力说我的发展性小，彼的发展性大。就双方环境说，我得到实力援助，彼得到民众支持。就组织说，我的组织散漫，彼的组织坚强。将来最可怕的组织力量无穷大及民众力量无穷大的两个力量均为共产党拿去，则前途不堪想矣。”

对于阎锡山其人，山西老革命家张稼夫这样总结评价：“他是靠枪杆子起家的，但他既非是只知炫耀兵力的赳赳武夫，也不是尸位素餐的官老爷。他遇事肯动脑筋，好出‘点子’，而且事必躬亲，务求实效，较少官僚主义。”

二八九　精细与阔大

阎锡山有云：“精细不可遗阔大，阔大不可失精细，要在阔大中精细，精细中阔大。”

联系自身，在南方（江南）思考、写作，尤需时时注意“精细不可遗阔大”“精细中阔大”此点。

二九〇　三岛由纪夫的“美”

滚烫激越的“血”和青春绚烂的“死”，构成了独属于三岛由纪夫的“美”。

作为作家，三岛不屑于“文学总是隐藏着卑怯的生”，他崇尚“美丽地生”，“美丽地死”。我认同并钦敬的，是他的武道，他的意志力，他的散发强烈汗热的男人铁骨。用锋利的刀，在美的男性的肉体上切腹，是“瞬间的美的闪光”。

三岛由纪夫，他的身上，罕见地体现了一种东方式的精神刚性与决绝。

二九一　幻感

何新（1949 年出生）纵横中外古今的恢宏格局和独持已说的深入新异，令我钦服。有历史学教授激赏其人："在近现代史家中，能如他那样打通哲学、宗教（佛）学、政治学、历史学、社会学、人类学、地理学，甚至古生物学及经济学等诸多学科领域，统一作壁上观，遂令万法贯一，宇宙会于一心者是罕有其俦的。"（景戎华）如此评价，其实并不为过。

看书中何新近照，第一印象是此男脸貌雍容端明，深含佛相。果然，何新的一则自我记叙，印证了我此印象："2009 年春我参禅去普陀山，入寺门见戒忍法师。他当即呼僧人送袈裟来。我说：'不冷，不必。'他说：'要披，披上你我原一样。'"

读何新"六十自述"，感慨最深者，是他年至晚境所具的"幻感"。

应该说，青年以来的何新，一直是壮怀激烈，以天下为个人抱负的。他曾明确表示："我十多岁时已经知道此生的命运就是不断学习与思考，为这个民族兴一代之学"；"在精神上我所一直追求的就是明道与济世，我毕生的最大梦想是华夏民族及其文明的复兴"。

何新经历之复杂繁复，亦非常人可比，他自述："计算起来，我平生数历生死边缘，几次死里回生。多少恩恩怨怨，是是非非，爱恨情仇，流水落花，往事不胜回首！其间生生死死的经历和上天下地的阅历与际遇，绝非一般文人书生、凡夫俗子所能想象，以至可以梦见！""在 20 世纪 80 年代末、90 年代初那一个相当特殊的历史背景下，我……

以一种特殊的方式为国家、民族效力。我目睹国家大局如何摆脱了一个至为艰难危险的时期，有幸成为一段历史的见证人，并曾在一定的意义和范围内参与了这一段历史。”

然而，穿越绚烂，何新人生晚境的生命“幻感”，是如此触目惊心：

“其实我看人生，无论活得多么认真、在意、计较，不过都是规模、局面因人而异的一场大游戏。无论一时多么风光，总有一天会见终局。每个人到无常来时终会知道——人生是幻，诸境是幻，诸色是幻，诸情是幻。对逝者而言，生前一切努力、奋斗、挣扎，一切成败得失，亦终皆是幻。以幻设幻，人生不过一场大游戏耳！”（参阅《奋斗与思考：何新人生自述》，万卷出版公司2011年9月第1版）

人生意义究竟何在？此一千古难解之题，再一次悬于眼前、心中。

二九二　“石涛与我有什么关系”

有人问齐白石（1864—1957）：“你知道石涛吗？”

“我不知道，但是，石涛与我有什么关系？”

二九三　对吴冠中、钱钟书的评价

何新对曾经直接交往过的宜兴吴冠中、无锡钱钟书，有过如下评价。

评吴冠中先生。“堪称是当今拜金主义五浊恶世之下，中国极少数真能名副其实的艺坛大师之一。”“观吴先生文思，则器识才艺为一代之冠。忆其出处则彬彬君子，览其笔墨则云腾海翻。”何新赞其曰：“沧桑人生，冷眼世情。世道反复，落日悲沉。举世披靡，危岩峻立。峤峤巨木，桃李成荫。君子德风，污浊不染。高风亮节，垂范人间。”

评钱钟书先生。“平心而论，就学术论，我认为，钱先生博闻强记，学富五车，有活字典之称。”“但钱老自身却始终没有形成一种系统的哲学或学术，缺少一个总纲将各种知识加以统贯。所谓七宝楼台，拆碎只见片段。他缺少一套宏观的方法论。所以现在一些人鼓吹的所谓‘钱学’，我认为也是一种学术炒作。我想钱先生自己对这种拉大旗作虎皮的‘钱学’也未必会感兴趣。”

何氏论人，分寸感还是极强。

二九四　李苦禅回忆中的齐白石

李苦禅（1899—1983）在“文革”中曾写过一份有关其师齐白石的“交代材料”：《齐白石的一生点滴》。文中所叙一代国画大师的俭吝性格，让人感慨艺术与人的复杂与真实。

李苦禅如是回忆：

“齐白石素常挑钞票新整拾元者以十张为一叠，积满一大竹篮，盖上加锁，即送银行储蓄……所储蓄之银行，不是不出名的，即是冷僻公私经营者。何以齐白石在此银行储蓄？是怕人注意他有钱储蓄之故。

“凡其屋内的什物箱柜，集零为整地排垒起来，用锁锁好了，甚至一箱一柜用数锁，大锁上再用小锁管束，画室门外有铁栅栏一道，除上有机器锁以外，再另加大锁。而齐白石的钥匙无计其数，用一长皮条贯穿着约一尺多长的一大串，结在腰带上再用小锁锁住皮条和腰带，恐一串钥匙脱落了。因而整年带的一串钥匙磨搓得极光亮似银色一般。

“他与他的姨太太以及做饭用人，每饭以香烟筒计量取米，常不足用人食量，因此做饭人多不忍其过俭，经常更换人。

“齐白石晚年来，以黄金六十块装长袋套在项肋之间，昼夜带之休息。常疑猜某某窃其金，有一次装金袋绳断，更大疑丢金。别人为之缝好装金袋，当其面点数，金块正六十颗，齐白石方暂不疑。听说至其老病衰微，临去世之前几月方解下其黄金袋。

“有买其画的老顾主，方出花生及干荔枝以待客，多半经长时几不能入口者。一日出广东月饼敬客，坚硬如石，实不能食，问之，云：去年中秋友人送的。”

二九五 “羞愧是不言而喻的”

拒斥虚名、独持操守的作家，即使总是远离热闹的媒体，总是默默生活，也会被有良知的同行或识者深深惦记。在最近的阅读中，沉默如石的张承志一再被人提及，就印证此点。

2010 年 4 月阎连科（1958 年出生）在台湾成功大学文学院的演讲中，是这样说的：“我们当然不该把文坛比作安徽那个人人皆偷的村庄。但我们却可以把一个不向权力献媚、不向金钱伸手、不向名利弯腰的作家比作在那个村庄努力不偷不摸的普通人。这一点，当代作家中的张承志、史铁生（1951—2010）堪称楷模。张承志和史铁生的文学坚守，作家的操守，堪为同代人和晚代写作的一面镜子。在这面镜子面前，我——还有许多同行，相比起来，羞愧是不言而喻的。”（引文见《扬子江评论》2011 年第 3 期）

巳月

超时空视像

二九六 “无”中生“有”

龙应台（1952年出生）《大江大海1949》有一章节的标题，借用东坡《后赤壁赋》之句：“江流有声，断岸千尺。”目此八字，心中顿然有所感触。

中国的君子，素有“欲说还休”“欲辩忘言”之传统。为什么“还休”？为什么“忘言”？只是因为经历至深、慨然至切、灵魂至痛。深、切、痛的结果，就是“无语”，或者就是排拒一切“情语”（太浅了！），而只留似乎不关痛痒的“景语”。由此，可以懂得苏轼的“一樽还酹江月”；由此，我默默领会了张承志言其师翁独健先生（1906—1986）的“先生不著述”五言。

在东方中国，于人世深处得到证悟的高境界者，已经习惯将所有的“有”，凝寂为“无”。他们孤高独寒，不与人语。所以，欲要真正理解他们非常不易，此种不易在于：破译者必须“无”中生“有”——须从他们现在空净的“无”中，寻找他们已经超越了的、往昔的繁复之“有”。

二九七　超时空视像

大诗人的魅力之一，在于他们都拥有超于凡俗的视力。他们目睹并呈现的，往往是一种“超时空视像”。这种视像，常人难睹，但一经看到，却也会恍然而悟、赞叹认同。

“白云千载空悠悠。”“白云悠悠”，凡常能见；而一眼能睹“千载”的“白云悠悠”，只有崔颢办到。这是视觉超越时间。

“轻舟已过万重山。”一般人只能看见当下的轻舟过了一重或两重山，而诗仙如李白者所见的，却是轻舟一瞬已经过了万重山。这是视觉超越空间。

类似的“超时空视像”，散布于浩瀚的中国诗歌史之中，再举数例：“万里悲秋常作客，百年多病独登台”（杜甫）；“气蒸云梦泽，波撼岳阳城”（孟浩然）；“岭树重遮千里目，江流曲似九回肠”（柳宗元）；“秦时明月汉时关，万里长征人未还”（王昌龄）；“黄河之水天上来，奔流到海不复回。君不见，高堂明镜悲白发，朝如青丝暮成雪”（李白）。

二九八　神秘事件之一

这是友人何健平兄的亲身经历。

健平老家在浙江富阳。他老家邻村有一棵需四五人合抱的大香榧树。那树每年都是硕果累累，然而每到收获季节，却没人敢上树打香榧，只是等果子熟透了掉到地上，才有人敢去捡拾。因为人们都在讲，这棵树有树神。

某年春夏之交的黄昏，健平和几个年龄相仿的顽童在那树下玩耍，不知谁提议要上树掏喜鹊蛋。有人提醒，这是神树，不能随便爬，爬了会生病。健平不信，逞能说："怕什么，那是迷信！"费了九牛二虎之力，硬是爬上了香榧树，并从鸟窝里掏出了还有微温的六只喜鹊蛋。下树后，还生火用铝饭盒把喜鹊蛋煮熟，和几个伙伴美美地分享了。

到了晚上睡觉时，健平并没有什么不适，就更加认为不能爬那棵香榧树的说法是"迷信"，并暗暗为自己的勇敢而自豪。

可是，到次日早晨，他就生病起不了床：恶心呕吐，头晕目眩，皮肤奇痒难忍。其母问他昨天野到哪里去了，健平答爬到邻村那棵香榧树上去掏鸟蛋了。其母当即断定：儿子是惹恼了树神。于是，健平母亲点燃三炷香，朝邻村老香榧树方向，恭恭敬敬地拜了三拜，嘴里还念念有词："树神不记小人过，树神不记小人过。请树神原谅我那不懂事的淘气儿子，我替他向您赔礼了，您让他身体快点好起来吧！"如此之后，友人既没吃药，也没打针，大约过了半天，身体居然奇迹般地好了。

二九九　神秘事件之二

这是旅德摄影艺术家王小慧（1957 年出生）在她与哲学家周国平的对话录《花非花》中披露的亲身经历。

王小慧的先生叫俞霖，婚后五年不幸遭遇车祸辞世。俞霖生前曾手工给王小慧做了一本十分精美的通讯录，王非常喜欢，从不离身。几年后，因为改得密密麻麻，实在不方便用了，就想重做一本。在回中国时，王小慧请她父亲的助手用电脑录入。快回德国时，她问那个助手是否做好。回答说已经录好，但打印总出问题。后来其父助手找了天津大学的一个电脑专家，但还是没有解决问题。那天中午，王小慧和他们吃饭，她问电脑专家到底打印时有什么问题。那个专家就把打印出来的纸给她看。一看，王小慧便惊住了：她的通讯录都是外语，但每一行的中间，都有一个中文的“霖”字！王小慧父亲的助手和修电脑的专家都不知道俞霖的。看着打印出来的纸，王小慧的第一反应就是：俞霖不想她把这个通讯录更新换代，因为新本子弄好之后，俞霖给她的就不会每天随身带了，而他希望她随身带着他做的东西。吃完午饭，下午他们告诉王小慧：再打印正常了，“霖”字没了，问题自行解决了，根本没人去动电脑。“所以我相信一定是灵魂在支配这个东西。”王小慧说。

三〇〇　心的视界

即使就摄影艺术而言，视觉形式也是浅层次的，关键在于这种视觉形式之中，是否拥有“自己的内在”，是否呈现了摄影家的“心”。

文学亦同理，文字之于文学当然重要，但文字作为客观形式，终究只是载体，它所表现并最终体现其价值、最终呈现的，必定是作家的自我内心。

读台湾摄影家柯锡杰（1929 年出生）的《心的视界》（福建教育出版社 2009 年 10 月第 1 版），认同、暗合、共鸣处众多。抄录于下以便重温。

“我的意识之中，也从来听不进什么权威和主流的声音。”

“即使再来一遍，我依然会选择诚实面对自己的心，走自己的路。”

“我的摄影是要表达人的内心，更深层的、具象征意义的内在。”

“看一个人的照片，就知道他的心有多大。透过一张小小的照片，我们可以看到摄影家背后的精神。”

“我什么都没有，又仿佛拥有全世界。”

“我知道我突破了自己。”

“我们要去找别人没看到的东西，我们要去看到。”

“我觉得创作者都应该这样，要有自己的看法，甚至这个看法要跟以前的人完全不同。”

“摄影家在看的时候，不是只用眼睛，他的眼睛是透过心去看的。”

“我从未限定自己要拍什么题材……全世界所有我感受到的东西，

我都拍。”

“即使拍一棵树，也能传达我对全宇宙的感受。”

——柯锡杰说：“阅读的时候，感觉像是在证明自己——证明我的想法是对的，让我更清楚自己。”他还说：“在书里面找到知己，有共鸣，是我看书时最大的乐趣。”阅读柯氏，确实，我感到了“更清楚自己”。

三〇一　俯视

日日生活于烟火世俗，个人必得有超越俗世的清醒心性。个人的超越与超拔——必须拥有一种“俯视”的内在目光。身，在低处；心，在高处。俯视，大的气度和视野，重要！

三〇二　人在做，天在看

道教经典《太上感应篇》认为，天上、地上和人身上都存有录人罪善、降祸福于人的神君。

天上：三台北斗神君；地上：司过之神；人身上：三尸神。他们对人的关照和记录，如无限容量的电脑，是时刻存在的。所谓“人在做，天在看”，就是此意。

三〇三　清贫之美

庞培的诗。历经人事却不减少年敏感，而视域宽广深远。偶有的雄浑仍潜藏单纯的深情。江南（南方）本质的、令人心动的清贫之美，在精神被物质湮没的此一时代，通过他的诗，又一次清晰呈现。

三〇四　“历史叙述”

“在我们的历史叙述中，往往有‘事’而无‘人’，或者有‘大事’而无日常生活的‘小事’，有帝王将相学者名人‘大人物’，而无普通平民百姓‘小人物’，有人的‘外在行为’而无人的‘内心世界’。这其实都是反映了一种颇为狭窄、机械与粗糙的历史观的。”

这是钱理群（1939 年出生）在为戴明贤《安顺旧事：一种城记》（人民文学出版社 2011 年 8 月第 2 版）一书所作序言中的一段话。个人以为所言极是。在我们的受学过程中，见惯了这种空洞、宏大、漠冷、没有生命质感的“历史叙述”。

三〇五　布勒松的法国

亨利·卡蒂埃·布勒松（1908—2004），曾用他的照片，绘出过这样一个法国：

雪铁龙DS型轿车。农业银行。盖尔咖啡馆和莫诺普里克斯咖啡馆。塞尚笔下的圣维克托尔山。圣日尔曼区的“双叟”咖啡馆（萨特、加缪经常光顾）。布尔格斯的天主教广场。格雷诺布勒的新地产。乌泽斯的一个街角。薄酒莱的葡萄丰收。总统选举。诺曼底登陆的周年纪念。布拉赛里·里皮餐厅（巴黎著名餐厅，以烹调阿尔萨斯风味的菜肴著称）。图卢兹体育场的一场橄榄球比赛。赛马大奖赛的赛马主人。科西嘉岛上的一个地中海俱乐部村庄。阿韦龙艺术节期间的时钟广场。等等。

想到费里尼的罗马。想到我的尚未写出的某本书。

三〇六　“能看见正在眼前的东西是多么困难啊”

“经常问‘为什么’的人，就像站在一幢建筑物前阅读导游手册的旅行者一样，这些旅行者忙于了解这幢建筑物的建造史，以致妨碍他们观看这幢建筑物的本身。”所以，出生于维也纳的英国哲学家路德维希·维特根斯坦（1889—1951）这样感慨：“能看见正在眼前的东西是多么困难啊！”

文化、传统、先在的观念，都能让人遭受蒙蔽与侵害，以致对眼前真切“存在”的对象，理由十足地视若无睹。警惕。

三〇七　三老者

三位老人相遇，有人问他们各自的年龄。

一人说："吾年不可记，但忆少年时与盘古有旧。"

一人说："海水变桑田时，吾辄下一筹，尔来吾筹已满十间屋。"

一人说："吾所食蟠桃，弃其核于昆仑山下，今已与昆仑齐矣。"

而以苏轼看来，此三老者，与蜉蝣——寿命短者数小时长者六七日、朝菌——朝生暮死，"何以异哉"！

——东坡的这则笔记，显示了他浩大无限的时空目力与内心格局。正是这种"目力"与"格局"，使得俗世纷扰的人事纠葛，只如浮尘飞絮，无法羁绊其磊落英伟之身躯。

午月

牺牲

对塔可夫斯基的私密阅读

三〇八　遭逢《雕刻时光》

这是近年阅读中罕见遭逢的真挚、深刻、恳切之书。

尽管是二手翻译（俄语到英语再到汉语），但阅读这本《雕刻时光》（人民文学出版社 2003 年 8 月第 1 版），还是能够真切感受到安德烈 · 塔可夫斯基（1932 —1986），这位出生于俄罗斯的杰出电影艺术家的呼吸、语调与心声，感受到他那种独特强烈的真挚和诚恳——这近乎是一种奇迹，只有个人思想与情感的能量大到足够，才会如此一路冲破语言的羁绊。没有做作，没有虚夸，那种一展内心的娓娓却又深刻的话语，让我拥有久违的阅读心动。

常有一致的共鸣。异域的知己。所谈，已远远超出电影领域。

真正杰出的艺术家所谈，肯定溢出他所从事的领域，而具有普遍意义。

同为 20 世纪电影大师的瑞典导演英格玛 · 伯格曼，这样诉说塔氏：“……竟然有人将我长久以来不知如何表达的种种都展现出来。”

一个大艺术家之所以能够成就，须有：心的真诚，深的见识，大的担当。这些，塔氏完全具备。

此书译者陈丽贵、李泳泉这对台湾伉俪，值得感谢。用心翻译。心对于翻译，原来也是如此重要。

译者之一李泳泉，称塔氏为“我的私密的塔可夫斯基”。非常认同“私密”二字，自己也深有此感。“进入塔可夫斯基的世界，总是那么新鲜的经验，个中滋味，却又总是那么熟悉。”“译完《雕刻时光》，有着登上峰顶的满足。”

陈丽贵介绍他丈夫李泳泉：“一位热爱电影的时代青年，在潮流的趋动中漂游到了美国，落脚于纽约某电影学院……有一天，他无意间从书店购买了一本书，从此他便有如受到蛊惑一般，废寝忘食地蹲踞在如麻雀笼般的公寓中啃读那书。一个多月之后，他复现于纽约街头，神情清瘦肃穆，犹似大病初愈。他向朋友宣告了他的惊人决定：我要立即回国。”

那本“曾经影响一个年轻人做出改变一生命运抉择的书”，正是塔可夫斯基的《雕刻时光》。

书与人之间，存有秘密的缘分。貌似公开的书，其实是紧闭的。只有互为知己的那一刻来临，一本书与一个人，才真正互为对方打开。

三〇九　个人创作之探究

“我的目的究竟是什么？是什么元素区分了电影和其他艺术？我认为它的独特潜力何在？与同侪的经验、成就相较，我的经验又该如何定位？”

“我究竟是为谁而创作？而又是为何而创作？”

安德烈·塔可夫斯基，是具有清醒自觉意识的艺术家。他对自己所从事工作的明白程度，锐利清晰。

塔氏实际是自问自答，他所提出的这些问题，在《雕刻时光》这本书中，都有其深入思索后的个人答案。我试着找出，并归纳如下。

问题一：“我的目的究竟是什么？”“而又是为何而创作？”

塔氏回答：“我了解我的目的何在。我清楚意识到自己的使命，或者也可称之为：对人类的义务和责任。”“艺术最重要的任务，便是影响灵魂，重塑它的精神结构。”

问题二：“我究竟是为谁而创作？”

塔氏回答：“真正的艺术家总是为不朽效劳……”

涉及具体层面，塔氏清醒地自知：“如今我们身陷一种处境，即观众往往喜欢商业垃圾甚于伯格曼的《野草莓》，或是安东尼奥尼的《蚀》。电影业者无奈之余，都预测：严肃、有意义的作品将不受一般观众喜爱。”所以，他把他的电影观众，设定为是人类中不断思考自身命运的那一类族群。“我在事前就知道根本就别指望观众会无异议一致叫好……对我而言，以卖座的多寡这种算术的方法来衡量一部电影是否‘成功’可谓毫无意义与价值。”他这样判定：“拥有大众品位的东西，应称之为大众文化，而非艺术。”

问题三：“是什么元素区分了电影和其他艺术？我认为它的独特潜力何在？”

塔氏认为，电影最大的魅力，就在于可以“雕刻时光”。他自述：“导演工作的本质是什么？我们可以将它定义为雕刻时光……从庞大、坚实的生活事件所组成的‘大块时光’中，将他不需要的部分切除、抛弃，只留下成品的组成元素，确保影像完整性之元素。”是的，“这并不是拍片的方式”，这已经是塔氏心中“重新建构、创造生命的方式”。

问题四：“与同侪的经验、成就相较，我的经验又该如何定位？”

“每一部影片都成为其精神存在的见证”——这是塔氏的追求；

“我对情节的发展、事件的串联并没有兴趣——我觉得我的电影一部比一部不需情节。我一直对一个人的内心世界感兴趣……我的兴趣在于人，因其内心自有一个天地……”——这就是塔氏的独特。

三一〇　关键词：诚挚

“我衷心企盼能够在自己的电影中说一些话，本着全然的诚挚。”

“我们可以肯定的是：唯有艺术家以诚挚不贰的态度来处理他的素材时，伟大作品才可能诞生。”

“因为唯有完全的诚实和真挚，加上他对自己之于他人的责任的理解，方能担保艺术家履行其创作的命途。”

“我们对艺术家之所求，乃是他对自己全然的诚实与真挚。”

书中的字里行间，塔氏的诚挚与恳切无处不在。

他说话，他跳动的红色心脏就不设防地裸露在你的面前。极其罕见的诚挚，打动我心。

任何艺术（电影、文学、音乐、绘画等），欲在心灵层面击中受众，唯有“诚”此一途。

艺术在本质上存在公平——艺术家是不是“诚”，艺术作品中有没有“诚”，其实，无法伪装。

三一一　深邃幽微

“思维的复杂性以及世界的诗意未必要以简单明白的架构呈现，一般直线推演的逻辑就像几何定理的证明一样令人感到不舒服。”

思维，世界，人：复杂深邃，幽微曲折。

一般直线推演，肯定不符事实。如此做，或是简单化的懒惰，或是自身缺乏功力。

真正的艺术，能够抵达并传达这种种的深邃幽微。

三一二　困局

“我们活在一个由别人发展出来的理念所宰制的世界里，因而我们就要遵从这些理念的标准，不然就得与之疏离，与之冲突——一个越来越显得无助的局面。”

“因为现存大量的术语和标签使得原有的谈论变得模糊，而且使得理论的战场益形混乱。”

人类现实与精神的困局。自由与特立独行之不易。

表层视之，人类作为一种集体动物，首先就不得不遵循一套集体的行为规范和道德标准。

深层究之，我们日常使用的语言，同样是对我们的一种隐形束缚。

刘再复（1941 年出生）这样分析《坛经》：“而《坛经》则发现语言（概念）是人的另一终极地狱……惠能还发现，人的智慧并非人们熟知的那些概念，其实，许多大概念都是大陷阱，都可能让你产生语障、眼障、心障，让你的慧根善根全然灭绝。‘本来无一物’，是说生命本来是没有概念的，有了概念，才有尘埃，才有毒素，才有遮蔽与堵塞。”

艺术家确实需要常常提醒自己：放空现存的已知，用自己的眼和心，全新去“看”，去“认识”。

三一三 “风景的质感”

“我始终认为一部成功的电影，它里面风景的质感必须要能够让人充满回忆和诗意联想。如今，二十年过去了，我更加深信一件事（无法分析的）：如果一个作者被他所选择的风景所感动，如果这个风景唤起他的记忆、激起他的联想，纵然是主观的，那么这种兴奋将会使观众受到感染。”

“风景的质感。”独特的汉语表述。

不是泛泛的风景，而是，有“质感”的风景。一个人感觉到的有“质感”的风景，必与其人生命有着或明或隐的契合沟通。

这是塔氏自己的有“质感”的风景：“我记得在房子和通往邻村的小路中间长满了荞麦，开花时非常美丽，那些白色的花朵产生出一种雪覆田野的效果。”

——那么美，塔氏心中珍藏的童年图景。

那么我呢，我的有“质感”的风景是什么？此刻我想到的是：故乡午夜的蜀山，像一头漆黑巨兽，将它的头，垂饮于近旁的蠡河；仲春黄昏，河边暗金油菜花田散发的馥郁气息，让少年呼吸的空气有一种酥酥的温热；青麦之上的星空深蓝；星空底下、麦田边缘，有烧制陶器的艳红窑火，像汉字的撇捺，偶尔会闪闪逸出狭长窑身。

一个人的有“质感”的风景，是他的全息，其中，烙满了他生命的经历和情感。

三一四　童年最早的记忆

“无可置疑地，记忆是人类非常重要的资产。它们之所以充满诗的色彩实非偶然。最美的回忆常常是属于童年的。”

“‘妈！有一只布谷鸟！’是我童年最早的记忆。那时我四岁，正开始认识这世界。”

“妈！有一只布谷鸟！”一个四岁男童的声音，稚嫩、清脆。

我们呢，我们每个人最早的童年记忆，是什么？还想得起来吗？

三一五　思想 · 回忆 · 梦

“这将是一部关于他的思想、他的回忆，以及他的梦的电影。”

“在《镜子》里，我的兴趣在于将新闻片、梦境、现实、希望、假设和回忆的镜头穿插出现，成为一种起伏纷扰的境况。”

思想，回忆，梦——似乎与我们习见的电影相距甚远，但却是塔氏电影的关键词。

这就是烙有他独特印记的电影，塔氏电影。

塔可夫斯基并不笨：“我非常清楚，从商业的角度来看，经常变换场景，拍摄各种活泼花哨、角度多变的镜头，采用异国情调的风景和美轮美奂的内景必然更加有利可图；不过对于我主要的努力方向而言，外在的效果只不过拉远并模糊了我所追求的目标罢了。”

他是完全自觉地与商业决绝。

赴艺术之火，而不顾烧灼。

三一六 “非凡之美唯有诗境堪可表达”

“人类的生活中有某些层面只有用诗才能忠实表达。”

塔可夫斯基的父亲是诗人。他在自己的电影中经常引用诗歌。

书中，一再看到塔氏这位伟大艺术家对“诗”这一文学体裁的由衷尊重：

“想想曼德尔施塔姆，想想帕斯捷尔纳克、卓别林、杜甫仁科和沟口健二……他们不只是生命的探索者，更是伟大精神财富的创造者，而那种非凡之美唯有诗境堪可表达。这些艺术家洞悉生命中诗的纹理，他们有能力超越连贯逻辑的局限，传达生命深层现象和无形联结的高度复杂与真实。”

“非凡之美唯有诗境堪可表达。”塔可夫斯基，一位用影像写作的伟大诗人。

三一七　诗人创造世界

“诗人并不引用现成的世界，他直接参与世界的创造。”

这句话，更为简洁的表述是：“诗人……直接参与世界的创造。”

在塔可夫斯基这里，诗人恢复了他的荣耀，诗人具有了……神性。杰出的诗人，直接可以创造出足以与现实世界相平衡的精神世界。他以现实世界中的肉身，超拔而出，成为了他的恢宏浩瀚的精神世界的君王。

倾斜、蛮横的现实世界，因为诗人的存在，得到教训与校正。

三一八　背后的终极

“一切艺术的目的都非常清楚明确（除非其如商品一般，以消费者为导向），就是要对艺术家自己，以及其周遭的人，阐述人活着是为了什么，存在的意义是什么，向人们解释人类之所以存在于这个星球的理由；或者，即使不予解释，至少也提出这样的问题。”

人类。星球。理由。

胸襟。气度。站位。

——这就是大艺术家。

他确实只是在具体从事着什么，但他的背后，是普遍、终极的东西。

三一九　幻觉

“无限的幻觉却可以被创造，那就是：影像。”

影像在塔可夫斯基的手中，可以创造无限的幻觉。而幻觉，同样可以被文字创造。

幻觉，是法国诗人兰波的诗学理论核心。他以诗中有无幻觉，作为品评诗歌（人）优劣的唯一标准。认同此论。我的一本自印诗集的书名，即为《吴越幻象》。

在艺术中创造幻觉，其目的，是为了表现更本质的真实。正如塔氏所言：“有时绝对的非现实却能表达现实本身。”

三二〇　伟大作品有其自己的“生命场”

“伟大的作品有其自己的法则，以及强大的美学和情感冲击力，即使我们并不同意作者的主张。许多伟大作品的诞生都是由于艺术家克服己身弱点的努力；虽然这些弱点并未从此消失无踪，作品却因而诞生了。”

艺术家创造的真正作品，都拥有自己的“生命场”。也许这个场中仍有“弱点”，但这种作品的“生命场”，总是能量充沛，气感可睹。

你可以不喜欢、不同意，但它们依然自足地存在。塔氏始终认为，一件伟大的作品，是具有生命的有机体，它有自己的循环系统，它“是一个自我封闭的空间，不受冷淡或狂热所影响”。

三二一　悲观

“严重的精神无能使得人类排斥艺术，并诅咒它。他们既不愿意也没有能力去探讨人类存在的更高层意义，此一事实经常掩饰于其卑俗而简约的喧嚷中：‘我不喜欢它！’‘它真是无聊！’”

“我认为当代最令人悲哀的事情，莫过于人类对于一切美的感受力已被摧毁殆尽。”

以赤子的灼痛之心，对当代人类的直接批评。

塔可夫斯基是悲观的，他所做的一切，似乎是“知其不可为而为之”。因为，他彻底地认为，“人类对于一切美的感受力已被摧毁殆尽。”

三二二 “海报语言”

“布努埃尔仍坚守艺术家的风范，绝对不用空泛的海报语言对观众讲话，而是以具有情绪感染力的艺术语汇。”

语言问题。任何领域的艺术家都无法避开此一问题。无论是雕塑语言、色彩语言、音乐语言、建筑语言还是文字语言。

拥有一套独属自己、但又能为大众所理解的个人语言系统，是一个艺术家真正成熟、被人辨识的标志。

“海报语言”，这是公共语言、流行语言，在这样的语言中，艺术家这个人是被淹没的，是看不见的。

独属自己的个人语言系统，经常的情况是，初始并不能被大众所接受，需要有强大的内心，强大的定力与自信，抵抗孤独，一意孤行，也许最后才有可能赢得理解。

悲剧当然是无法胜数的，最后仍然不被理解的悲剧，在艺术史之外，无法胜数。

三二三　读经典

“《战争与和平》于是成为我的一种艺术学派、一种品位和艺术深度的标准；从此以后，我再也没办法阅读垃圾，它们给我一种强烈的嫌恶感。”

阅读问题。书籍泛滥，资讯汹涌，在这个时代，如何阅读？塔氏明确告诉我们：阅读高质量的、经过时间淘洗的经典作品，无形中就会帮助你建立标准。

这种标准的建立，并非是喋喋不休的理性阐述，甚至，它直接奠基于人本身的生理感受：杰出作品，阅读愉悦；遇到垃圾，顿生“嫌恶”。

判断一个作品是否优劣，直接来源于生理感受——这种能力的养成其实如此简单：多多阅读类似《战争与和平》的卓异作品。

三二四　伟大作品亦非完美

“天才所表现出来的，并非作品的绝对完美，而是对自己的绝对忠实，忠实于自己的感情。艺术家对真理、对了解世界、对了解自己存在于世界中的热切渴望，已赋予作品特殊意义；即使作品中有一些模糊，有一些如他所称‘不太成功’的片段，亦无大碍。”

“没有任何一件伟大作品是毫无瑕疵、完美无缺的。”

这首先给创作者以动手的信心，因为甚至是伟大作品，也没有一件是完美的。

其次，塔可夫斯基提出忠告，创作优秀作品的前提，是绝对忠实自己，必须诚挚。

再者，人的背后，作品的背后，始终要有大的关怀，大的东西。

三二五　令人激动的秘诀

“文学与电影……这两个领域的创作者都享有的独特自由，便是从真实生活中随心取其所欲，并将之依序排列。”

这是令人激动的、有关文学与电影的创作秘诀。

塔可夫斯基告诉我们，生活是生生不息的、汪洋般的素材库。艺术家要做的非常简单，两件事：一、撷取；二、排序。

不过，这种极其简单的工作之中，却隐含了玄机：撷取什么，如何排序，艺术家的高低便可立判。

三二六　“数百万英尺的底片”

“我心目中的理想影片是：作者去拍摄数百万英尺的底片，有系统地追踪、记录一个人从出生到死亡，每一分一秒、每一天、每一年的生活，然后从这些底片中剪出两千五百公尺的影片，或是一部一个半小时的电影。”（令人好奇的是，让这数百万英尺的底片由不同的导演经手，去制作他的电影，结果将会多么的不同！）

这又是令人兴奋、激发想象的“理想”！这“数百万英尺的底片”，实际潜藏有无数部电影、无数部书。

导演和作家都是“时光”的“雕刻”者。对于被表现对象，他们选取并保留各自心仪的、这个对象的时光元素，然后凿去大量的多余，最后组合拼接成带有强烈个人风格的电影或书。

因为审美观价值观的不一，哪些时光保留，哪些时光凿去，同样复杂不一。

从本质而言，所有的电影，所有的书，都是作者通过影像或文字所留存的时光之印记。只不过，有的斑驳，有的顺畅，有的漫长，有的一瞬而已。

三二七 “焚毁”己作

“今日的艺术家要求立即而且完全的肯定——给予精神范畴的活动以立即的回馈。从这一方面来看，卡夫卡的形象格外凸出：在他的一生中没有任何作品付梓，他在遗嘱中要求遗嘱执行人将他所有作品焚毁；他的精神样态，从道德上来说，已经属于过去。这就是为什么他如此痛苦：与时代格格不入。”

真正的艺术家，在内心都清醒地深知自身的一种宿命的“悲剧感”。然而，对于这种“悲剧感”，他并不去趋避，不去远远躲闪，相反，他如飞蛾赴火般热爱并追随，他如此甘愿！——这就是艺术家的孤傲！

身藏并热爱己身的“悲剧感”，就决定了他拥有力量——他不需要外界的“肯定”或“回馈”。作为肉身的存在，也许，他有痛苦闪现，但是，他又有更深更长久的幸福和骄傲。

“焚毁”己作——在这样的“人”面前，那些众多的企求“立即回馈”的所谓艺术家，便顿现营营之态。

三二八　分辨

“任何一个细腻敏感的人都能分辨出人类行为中的真实或仿冒，诚挚或虚假，正直或矫作。”

同理，任何一个作家，从本质上说是无法遮掩自己的内心的。客观的文字呈现在那里，无论他怎样道貌岸然，怎样伪饰、涂抹油彩，总会有蛛丝马迹，泄露出他真实的心理。

作家与作家之间，彼此其实是心知肚明的。

塔氏说过：“迟早时间会把那些未能表达独特、个人世界观的空洞作品一一揪出。”对于那些虚假的、人书不一的作品，几乎不用“迟早”，就在这种“作品”出世的同时，我们就能明白判断。

三二九　意义的大于

“如果它是一部真正的电影，它拥有的思想、理念总是比作者有意识地放入的还要多。”

“电影……一旦和观众接触，它便与作者分离，开始独立地存活，经历形式和意义的变迁。”

犹如一个建筑师，在设计某一座建筑之前，心中原来一己的追求与理想，是在这个建筑中，完成一个庄严、深邃的厅堂。

待建筑落成之后，众多的参观者中，确实有不少人为这个庄严、深邃的厅堂而赞叹；然而与此同时，也有人的目光落在了别处：或被设计独特的窗户所吸引，或探究于这座建筑的大理石质地，或完全倾倒于建筑内部的艺术化采光，或陶醉于建筑与周边自然的完美融合……

离开了建筑师的建筑，就变成了一个自足的生命。

一本真正的书，亦是如此。“它拥有的思想、理念总是比作者有意识地放入的还要多”，书籍离开了作者，便“开始独立地存活，经历形式和意义的变迁”。

诚如塔氏所言：“伟大作品的理念总是暧昧的……艺术和生命本身一样，多面向且无限度。”

三三〇 “实”与“虚”

“艺术家可分成两类，一类创造自己的内在世界，另一类则创造现实。”

两类艺术家也可以这样表述：一类是精确再现并最终超越客观现实，一类是完全创造属于自己的主观现实。前一类是实的，双脚踏在坚实大地上的；后一类是虚的，他飞翔于精神的空中。

就俄罗斯而言，托尔斯泰（1828—1910）、陀思妥耶夫斯基（1821—1881）、列宾（1844—1930）是“实”的艺术家，塔可夫斯基、康定斯基（1866—1944）、夏加尔（1887—1985）是“虚”的艺术家。

就中国而言，曹雪芹（约1715—约1763，《红楼梦》）是“实”的艺术家，吴承恩（约1500—1582，《西游记》）是“虚”的艺术家。

无论“虚”或“实”，核心，在于用作者诚挚的“心血”去表现“人”。

三三一　艺术家的时间

“创造专属自己的独特时间流程。”

“组合、剪接，干扰了时间的流程，打断了它，而同时却又赋予它一些新的东西，时间的扭曲可以成为赋予影片节奏表现的手段。”

“雕刻时光！”

“时间的减速或加速……”

“子在川上曰，逝者如斯夫。”时间似乎是客观的，不为任何人留驻。但是，唯有艺术家是例外。

艺术家是时间的绝对主人。时间在艺术家手里，是随意被捏的泥塑，它可以停止，也可以“减速”“加速”，一秒可以被无限放大，百年可以被无限缩短。

可以顺时间而下，也可以逆时间而上；可以“打断”时间的流动，重新“组合、剪接”，“创造专属自己的独特时间流程”；也可以让你需要的时间凝固，以供你仔细审察、回味、研究或雕琢。

掌控时间，拥有“时间”这个奇妙玩具，用纯粹私有的时间来建造独特的个人世界，这，也是艺术家的内在幸福之一。

三三二　伟大艺术家的“缺点”

“我们不只会原谅托尔斯泰的冗长，经常不必要的传教说道，以及拙笨的文句，我们甚至开始喜欢它们，把它们当作一种特质，一个人的特色。面对一个真正伟大的人物，我们会接受他所有的‘缺点’，这些缺点反而会变成其美学的特殊标志。”

小溪往往清澈见底，而腾越的江河则泥沙俱下。

一座雄浑的山脉，自然免不了类似的伤痕与缺陷：斑斑的鸟兽粪迹、腐烂倾倒的巨木，或者是被闪电烧毁的某片发黑的不毛之地。

精致、透明、美丽而毫无缺点，这样的东西，最后在格局上总是奇异地变得那么窄小——艺术的矛盾或玄机之体现。

“冗长”，“经常”而且是“不必要”的“传教说道”，“拙笨的文句”，它们衬托了雄浑的托尔斯泰。

三三三　默如惊雷的告诫

“一个人去偷东西是为了以后永远不用偷，他仍然是个小偷；没有任何曾经背叛自己原则的人，能够与生命维持单纯的关系。因此，当一个电影创作者说，他要先拍一部赚钱的电影，如此才有力量、财源拍摄自己梦想的电影时，这纯然是一种欺骗，甚至更糟，是一种自欺。他今后将永远不会去拍他自己想拍的电影。”

等于是一个朋友，在我们耳边谆谆絮语、告诫。

我们中太多人有类似的想法：无论如何先想办法赚钱，等赚够了钱，再写心中想写的东西，再画心中想画的东西，再拍心中想拍的东西……

这似乎是一种很有用的安慰。

然而，塔氏如此斩钉截铁地告诉我们：这是一种欺骗，甚至是，自欺。

“没有任何曾经背叛自己原则的人，能够与生命维持单纯的关系。”

三三四　艺术家作为一株植物

“任何艺术家（尽管同一时代的艺术家，其审美和理论的立场可能南辕北辙）必然是环绕在他四周的现实的产物……每一个人都表现了他的时代。”

现实、时代，还有他所置身的文化传统，酿制了一个艺术家。艺术家作为一株植物，他无法独立生长于现实、时代与传统的土壤之外。他无法凌空而现。

一个艺术家的“时代性”与“传统性”其实是一种宿命，无法挣脱。艺术家自有来处。

批评一个艺术家“脱离现实”“脱离时代”“脱离传统”，其实是一种无知。

三三五　为不朽而效劳

“真正的艺术家总是为不朽效劳……”

我们见过太多的“艺术家”为这些东西辛苦效劳：滚滚的物质利益、可以傲视众人的炙手权力、头顶虚幻的道道光环……

而真正的艺术家，只为个人心中深藏的“不朽”效劳。

他想让手中诞生的作品，打败时间，在时间的流水里，成为屹立的礁岛。

因为是想超越世俗的时间，所以，在世俗的时间内部视这个艺术家，他总是缄默的，孤独的，不合群的。

他在他们之外。

这种清贫却珍贵的“外”，让这个艺术家，最终，成为了时间的主人。

三三六　根

"在我所有的影片里，根的主题一直极为重要：这一主题联系了家庭房舍、童年、国家、大地。我一直觉得确定我自己属于一个特定的传统、文化、族群或观念是很重要的。"

拥有自我的"根"，对一个艺术家何其重要。

"根"就是艺术家所站的位置，是艺术家的根据地。"根"，可以是国家、故乡、童年，也可以像塔氏扩展的那样，是"特定的传统""文化""族群"和"观念"。

湘西是沈从文的根，江南水乡是吴冠中的根，拧扭燃烧的激情是梵高的根。费里尼拒绝去美国拍片，因为美国没有他的根，他的根，在意大利，在诞生他的里米尼小镇。

有"根"的艺术家，坚实默稳。喧嚣浅浮的风，刮不动他。

三三七 “弱者”和“强者”

“在《乡愁》中我想追求‘弱者’的主题，其人就其外在属性看来全然不是一个斗士，然而我却认为此生此世他是个胜利者……我一向都喜欢那种无法适应现实功利生活的人。”

什么是“弱者”，什么是“强者”？也许各人自有判断。

“我一向都喜欢那种无法适应现实功利生活的人”——这同样是我喜欢塔可夫斯基的一个很大理由。

生活中，我认同并敬重“无法适应现实功利生活的人”。而对于诸如极度“适应现实功利生活”、油光满面的所谓“强者”，我本能地鄙避之。

那些清贫自守、坚忍淡然的貌似“弱者”，确实，也是我心中“此生此世”的胜利者。

三三八 “我也感到好极了”

“我在俄国每次住在距离莫斯科三百公里之遥的乡间房舍时，我也感到好极了。雨、火、水、雪、露、吹袭地面的风——都是构成我们居住的环境，甚至我们生命的真理的重要元素。”

不是金碧辉煌、美酒华屋的“中央商务区”高档酒店，而是“距离莫斯科三百公里之遥的乡间房舍”。我看见了俄罗斯乡间的雨、火、水、雪、露和吹袭地面的风，看见了塔可夫斯基质朴的真实生活，与大自然相亲相融的真实生活。

而他对于这样生活的态度是：“我也感到好极了。”多么亲切！

三三九　抉择

“我觉得今日的个人似乎是站在十字路口，面临着一个抉择：到底是去追求作为一个盲目的消费者，受制于新科技毫不留情的发展，以及物质货品永无止境的扩充增产；抑或找寻一个通往心灵责任的出路，一条最终可能意味着不止是个人得到救赎，更是整个人类社会得以获救的大道。”

塔可夫斯基提供给当今个人的两种选择：之一，做盲目的消费者，受制于科技与物质的无尽疯狂发展；之二，找寻通往心灵责任的出路。

其实，这个社会的最大多数人并没有选择意识。

这个社会的主要潮流，对于“新科技毫不留情的发展，以及物质货品永无止境的扩充增产”，他们不仅不感到“受制”，反而是甘心、潜心、欢心追逐——一种更为深刻的“受制”。

塔可夫斯基对人类明天的悲观，又一次击痛我：“我们的生活方式和我们的行为所导致的结果则昭然若揭：明目张胆的自我意识腐蚀了个人……更令人无法掉以轻心的是，回归到更高层次的精神生活形态的可能性丧失殆尽。”

注意，是“丧失殆尽”，而非“日渐丧失”。

三四〇　人类如何自救

“每一个人都很清楚，人类精神的进步未能与物质的增长同步发展。重点已经在于我们似乎注定没有能力主宰我们的物质成就，并善加利用以增进我们的幸福。我们已经开创了一个有毁灭人类之虞的文明。”

“每一个人都很清楚物质的进展本身并无法使人们幸福，但我们依然继续狂热地在扩展其‘成就’……现在包含了所有潜在灾难的先决条件，我们虽然认知了这点，却束手无策，阻挡不了灾难的降临。”

这是塔可夫斯基对当代的深刻阐述与洞见。

物质狂飙突进，而我们所置身的星球却千疮百孔，人的精神与幸福感日益矮化乃至麻木丧失，人类创造的这种文明，正在面临着“毁灭人类”的危险。

为什么会“毁灭人类”？塔氏洞察到：狂热扩展的物质成就本身，已经形成强力的惯性，人类对于这列挟裹自身呼啸前行的物质火车，已经“没有能力主宰”，已经“束手无策”。

面对这种终极灾难，人类如何努力自救？

塔氏首先提出“牺牲”概念。“我的意思是说，几乎对人类每一个人而言，牺牲的精神都必须成为其根本的、天生的生活方式的本质。”“我所指的牺牲精神系表现在自愿服务他人之上，且自然而然地成为唯一能行得通的存在形式。”塔氏清醒认识到，“然而今天的世界里，人与人的关系却往往奠基于尽可能对旁人大肆搜刮而又锱铢必较地保护自己权益的冲动上面。这一情境的吊诡之处在于，我们越是去羞辱我们的人类同胞，便越是无法感到满足，我们也越形孤立。这是我们罪孽的代价。”

塔氏又提出“艺术”概念。“我认为艺术一直都是人类对抗那威胁着要吞噬其心灵的物质产品的武器。”因为，“艺术肯定了人类最美好的一切——希望、诚信、爱、美、祈祷……人类所梦想的和希冀的种种”。

“牺牲”和“艺术”，人类的自救之源，在于建设人性和精神性，摒弃疯狂的动物性和物质性。

三四一　人类经验

“……人类经验。”

人类经验！塔可夫斯基又在提醒我：艺术家通过“独特自身”最终表达的，应是“人类”的普遍经验。

末月

人的珍贵的植物特性

三四二　人的珍贵的植物特性

突然怀念少年时赤足立于田野泥水里的感受。细软的乌泥，从趾缝间挤出，温柔而又凉凉地没过了脚踝。大地在稳稳承托着一个孩子。

久违并且陌生了，人的肌肤与自然泥水的亲密相接。

人，从何时起，开始愚蠢地隔绝大地仁慈的地气滋养？

失去与大地直接接触的人，是飘浮的，紊乱的。

这样的人，他的身上，已经丧失了一种非常珍贵的植物特性：坚定，专一，以及生命的纯朴、简洁与蓬勃。

三四三　不知情权

人类即时交流和获取资讯的技术，在当代，正以令人惊讶的速度迅猛发展着。然而，遗憾的是，就思想、情感的深度与广度而言，当代人类并没有与技术同步。相反，技术时代人类的思想和情感，较之以往，正日益变得琐碎、局促和浮浅。我们的心灵，是否真的迫切地需要时刻刷着手中那块小小的液晶屏?

想到索尔仁尼琴的话："除了知情权以外，人也应该拥有不知情权，后者的价值要大得多。它意味着高尚的灵魂不必被那些废话和空谈充斥。过度的信息对一个过着充实生活的人来说，是一种不必要的负担。"

想到老子的话："多闻数穷，不若守于中。"

三四四　托尔斯泰对死亡的理解

札记体的《生活之路》（王志耕译，中国人民大学出版社 2006 年第 1 版），是列夫 · 托尔斯泰的“临终绝笔”。在此书中，托翁完整、直白地述说了自己一生思想之概要。他相信灵魂的存在，他是这样理解死亡的：

“死亡就是那个存放我们灵魂的器皿的毁坏。不应当把这个器皿与盛放其中的东西混为一谈”；“可以把生命看作一场梦，而把死亡看作觉醒。”

三四五　吴冠中笔下的林风眠和徐悲鸿

吴冠中曾在两篇不同的文章中，记述过同一件事、同一个场景：1943 年 3 月，徐悲鸿在重庆中央图书馆举办个展，林风眠（1900—1991）去看画。

其一："他不参加任何显赫的活动，借住重庆南岸一个仓库角落闭门作画。只一次，在重庆中央图书馆，车水马龙，嘉宾云集，正举办一位名画家的个展，我发现林老师独自一人在默默看画。我依恋地跟着他看画，想听他的意见，他始终未表示可否，不加褒贬，只是悄悄地看，很少人认出他来。我注意到他的袖口已破烂。"（《雁归来》）

其二："林风眠住在重庆南岸一间仓库的小屋里，贫穷，孤独……我在中央图书馆的徐悲鸿画展中遇到林老师，便跟着他看画，他几乎默默无语，我见他的衣袖是破的。其时徐悲鸿进来，雪白西装黑领结，徐向林微微招呼即回过头去。"（《林风眠和潘天寿》）

吴冠中对林风眠、徐悲鸿的内心情感态度，从上述两小段文字中，我们已然感知分明。

三四六　阅读点燃写作

一本热爱的书，对于一个写作者的最大功用，有时就是一种引信，可以瞬间点燃、引爆写作者，让他得以释放出积聚于体内的巨大能量。

在阅读到胡安·鲁尔福（1918—1986）之前，马尔克斯已经出版了四本书：《枯枝败叶》《没人给他写信的上校》《恶时辰》《格兰德大妈的葬礼》。这四本书并不特别出名，马尔克斯感觉自己陷入了写作的困境："在写过那些书以后，我觉得自己进了一条死胡同，我到处寻找一个可以从中逃脱的缝隙……我不认为我已才尽。相反，我觉得我还有很多书未写，但是我找不到一种既有说服力又有诗意的写作方式。"

这时候，马尔克斯幸运地遭遇到了鲁尔福的小说：《佩德罗·巴拉莫》。

这篇不足10万字的小说，让马尔克斯激动不已，"那个晚上，我将书读了两遍才睡下"。

马尔克斯对《佩德罗·巴拉莫》的热爱是惊人的。他"确信已比作者本人更熟悉"这部作品。"我能够背诵全书，且能倒背，不出大错。并且我还能说出每个故事在我读的那本书的哪一页上，没有一个人物的任何特点我不熟悉。"

就是这本薄薄的书，让马尔克斯解脱了己身困境，"终于使我找到了为继续写我的书而需要寻找的道路。"

马尔克斯后来写出并最终在1982年获得诺奖的《百年孤独》，细读之，书里追忆、梦幻、神异、不同的时空并置、取消生死界限等等手法元素，我们都可以从中看到他的拉美文学兄长——胡安·鲁尔福的影子。

三四七　真理进入人类意识的三个阶段

“任何一种伟大的真理要进入人类的意识当中去，不可避免地要经过三个阶段。第一个阶段：‘这是如此荒谬，简直不值一驳。’第二个阶段：‘这是不道德的，有违宗教。’第三个阶段：‘啊，这个人人都知道，用不着再说了。’”

从可笑至极，到横加质疑，再到理所当然，伟大真理进入人类意识的三个阶段——这是列夫·托尔斯泰对人类深具洞察力的例证之一。

三四八　中年体验

美国作家怀特（1899—1985）童年时，他的父亲每年八月都带他到缅因的湖区度夏。多少年之后，怀特也带着儿子重返当年度夏的湖区。

“一切都还是当年模样——我很清楚，头一个清晨躺在床上，闻到卧室的气味，听见孩子悄悄走出门，登船渐行渐远。我开始产生幻象，似乎他就是我，因此，简单置换一下，我就是我父亲……我仿佛处于双重的存在中。我在做某件简单的事情，拾起鱼饵盒子，摆好餐叉，或者说着什么，忽然就觉得像是父亲在说话或做事。”

这种细小却锐利的中年体验，既含生活的温暖，又潜藏一种深刻的人生感伤。

三四九　梁晓声的一则短文

偶然一个机会，读到作家梁晓声（1949年出生）极短的一则文章。

梁父患了绝症，在家中已经不能起床。作为儿子，梁晓声陪侍在侧。因为不得不赶时间修改一部剧本，梁将一张小桌子移到父亲身边，边照看，边改稿。“他已知自己将不久于人世。然而只要我在身旁，他脸上必呈现着对生死的镇定和对儿子的信赖。”

下面是这篇文章完整的后半部分：

> 一天下午，一点多，我突然心慌极了，放下笔说：“爸，我得陪您躺一会儿。”尽管旁边备有钢丝床，我却紧紧挨着父亲躺了下去。并且，本能地握住了父亲的一只手。五六分钟后，我几乎睡着了，而父亲悄然而逝……
>
> 如今想来，当年那五六分钟，乃是我一生中体会到的最大的温馨。感谢上苍，他启示我那么亲密地与老父亲躺在一起，并且握着父亲的手。
>
> 我一再地回忆：不记得以前也曾和父亲那么亲密地躺在一起过，更不记得此前曾在五六分钟内轻轻握着父亲的手不放过。
>
> 真的感谢上苍，他使我们父子的诀别成了我内心里刻骨铭心的温馨。

读此文，对梁晓声——此前个人认识谱系中的一位寻常作家——有了触动心灵的全新感受。

三五〇　艺术家的源地

偶然读到一个陌生者叫高海军的画，感觉独特。其用玄幻之像，呈宇宙之精神。已经深具个人化的绘画语言。观其画，他创作的发源地是黄土、高原、戈壁，是苍凉的西北。画面的苍凉，又奇异地幻化为一缕只要是识者就能感受的内在人性温暖。

源地。任何一个艺术家的创作，必有其独特的源头与生发地。这是宿命的精神烙印。

我的源地是南方。南方。长江以南。江。海。河。湖。荡。渎。汊。泖。那么多的水。水的智慧。东方智慧。柔极，又刚极。

我认识时间和水。南方丰沛的水，确乎是时间的象征物。两者极像——似乎极无力，实则太有力。

三五一　肉体之美

三岛由纪夫崇尚肉体之美。在三岛如放大镜般移动的文字中，人的青春的肉体之美，包括肉的温度、气味、色泽、想象，都得到了近乎纤毫毕露的细致、纯洁呈现。

女性的肉体美：

“丽子的躯体白皙、庄严，耸起的乳房上的纯清和洁净，显示出强烈的拒绝。”

“那高高起伏着的乳房上，宛如山樱蓓苞一般的乳头，被中尉噙含在唇间，变得越发硬实了……从胸脯向腹部移去，是浑然天成的细窄处，柔软而富有弹力，预示着由那里向腰部漾展开去的丰富的曲线，显现出没有丝毫不洁感的肉体那真实的韵律。远离灯光的腹部和腰部上的白皙和丰润，像是溢满在大盆里的牛奶，凹陷下去的肚脐显得格外清新，恰如刚刚被一颗雨滴猛然洞穿而过的新鲜的痕迹。在暗影愈加浓密的处所，丛生着柔软而敏感的阴毛，像是散发出幽幽香气的鲜花被烤焦了似的郁香，随着这不平静的身体不停息地颤动，一点点地向周围逸放出它那越来越浓的香气。”

男性的肉体美：

“在灯光的映照下，泛出青色剃痕的面颊辉耀着柔和的光泽。丽子顺序依次吻着粗壮的脖颈，健壮有力的肩头，如同两块契合在一起的盾牌似的壮实的胸脯，以及粉红色的乳头。胸肌发达的两肋处，落下浓浓阴影的腋窝里，密密的腋毛散发出郁暗的气味，在这种气味的甘甜之中，溢满了青年的死的真实感。”

至美即险。三岛深知这一美的悖论：“如此美貌绝伦的男女的结合，往往孕含着不吉的东西。”

申月

火焰叙述，夜晚叙述

三五二　幽暗之中，书籍在呼吸

《时光词语》。海滨作家马叙的赠书。密集的汉语书页间，数幅幽暗中整摞书籍的黑白照片，予我震动。照片均为作家自摄。散漫堆垒在桌上的书籍，在幽暗之中，真有肉身的体温和重量。《阿波利奈尔传》。《假面自白》。《卡夫卡日记》。《诉讼笔录》。我能够辨认出来的几具长方体的汉语生命。幽暗之中，书籍在呼吸，侧影的作家在呼吸。大海和汉语交融混杂的作家。他在幽暗的形而下中观察、散步，目的，是他拒绝到达的、黎明处的形而上。

三五三　传统·地理学·绝望

“隐秘的传统，自我的地理学，以及令人兴奋的绝望。”——一本准备扔弃的杂志里的这句话，触动了我。

隐秘的传统。一个成熟的写作者，应有独属于他的，深含于血液中的隐秘传统。他一生努力要做的，就是不断构建这个隐秘的私人传统——注意是“私人”而非“公众”——最后，让自身成为这个传统链上的一环。

自我的地理学。地理学，是自我的、主观的、无关于学理框架的。这种地理学，可以是极其微观的局部，也可以是极广大的宇宙。自我地理学，其小无内，其大无外。

令人兴奋的绝望。无论绝望，还是希望，生命与血的“兴奋”，是必需的。

三五四　“世界就是让我们处置的舞台”

“以一种反现实甚至荒诞的精神，来雕塑他所感知的现实世界。”用“反现实”，来表现出本质的“现实”。费里尼风格。

这位意大利导演的思想，可以解放我们局促的写作：

“对我们而言，世界就是让我们处置的舞台，是一个巨大的道具店，我们可以无须许可自行采用。”

三五五　永远是同一本书

费里尼坦陈：“我似乎一直在拍同样的电影。”

同理，一个真正的作家，他所写作的，本质上也永远是同一本书。

“突破自我”，“改换门庭”，“不断超越”，类似文学批评话语，其实是隔靴搔痒、痴人说梦的外行人语。

三五六 “有根”的创作

费里尼执拗地坚守一种“有根”的创作。

他喜欢美国的纽约。在他的文字中，纽约是这样的：“这个从宇宙中释放出来的惊人的大宇宙飞船，它没有根，没有深度，就这么悬垂在无止境的水晶盘上；它是尼尼微、威尼斯、大马士革、贝拿勒斯，全世界各古城混合走入一个光灿、腐化、未来式的舞台中。纽约甜美、生气勃勃，令人神思悚然。”

但是，费里尼发觉无法拍它，“我没有办法，也不知道怎么在美国拍出一部片子来。”“我的拍片工作要求我要完全掌握语汇才能产生属于我的画面、想象”，而在美国，“我的灵感还要穿越非母语的语言障碍，越过一个我根本不知其暗喻为何的现实。”而这一点在意大利就完全不同了：“在这里，我光看一个人的领带就知道他是柏干莫的人——这当然有点夸张。但对于意大利，我觉得我了解它的种种：不同体制的关系、报纸、电视、媒体、人的一眨眼、各种我们稀松平常可见的影像代表什么……”

是故乡意大利，给了费里尼坚实的承托之感：“只有在这儿，在我的国家，在电影城的第五剧院的陋舍中……只有在这种地方，我才永不怕摔下巨崖，因为由我的根、我的回忆、我的习惯、我的家织成的巨网会保护我。”

——费里尼所执拗坚守的这种“有根”创作，我相信，我是如此理解。

三五七　贾平凹说

关中浑朴深厚，不崇花哨。此地域孕育的作家如贾平凹（1952 年出生）、陈忠实（1942 年出生）者，都具此特征。

翻看贾平凹最新散文集《天气》，其中颇多主张，很有意味。譬如，他认为人应“游名川，读奇书，见大人，养自己浩然之气”；“能在水面上扑腾，也可能溅出些水花的，往往并不是大鱼，大鱼多在水底深处。这是文学艺术界常有的现象。”再如，他在给友人信中恳告对方：“得警惕陶醉在文笔之中忘却了大东西的叙写。你是非常有灵性的作家，我还得劝你，不要再多读那些明清小品，不要再欣赏废名那一类作家的作品，不要再讲究语言和小情趣。要往大处写，要多读读雄浑沉郁的作品如鲁迅的，司马迁的，托尔斯泰的，把气往大鼓，把器往大做，宁粗粝，不要玲珑。做大袍子了，不要在大袍子上追究小褶皱和花边。”上述种种，都是其数十年写作做人的结晶心得。与此同时，贾平凹近期的文字中（如《定西笔记》），我也隐隐读（嗅）到了一种我所不喜欢的气息，这非常遗憾。而这种气息，在张承志的文字中，我从未遇见。

三五八　写作经验

尽管写作经验是每个人自己“写”出来的，具有个人的独异性，但看作家自述的写作经验，还是很有意思。

美国作家斯蒂芬·金（1947 年出生）这样说他写作《手机》这本书的缘起：“比如《手机》，故事点子是这么来的：我从纽约的一间宾馆出来，看见一个女人拿着手机在讲电话。我想，如果她从手机上收到一个短信，就此不能自已，开始动手杀人，直到有人杀死她为止，那会怎样？各种可能性、各种枝蔓发展开始在我脑海中像乒乓球一样跳上跳下。如果人人都收到同样的短信，那么有手机的人就都发疯了。正常人看到这情况，要做的头一件事就是掏出手机给亲朋好友打电话。那样的话这传染病就会像毒藤一样蔓延开来。后来，我走在大街上，看到一个家伙在自言自语，大声嚷嚷，明显是个疯子。我特意绕到街对面躲开他。可那不是个流浪汉，他穿着一身西装。然后我才发现他戴着耳机，是在打电话。我心想，我必须得写这么个故事。那是个一瞬间里出现的想法。后来我读了好多关于手机行业的资料，开始关注手机信号基站塔。因此这是本题材很入时的书，但仍然是出自对我们当今交谈方式的担忧。”

哥伦比亚作家马尔克斯这样介绍他的小说来历：“《礼拜二午睡时刻》我认为是我最好的短篇小说，它是我在一个荒凉的镇子上看到一个身穿丧服、手打黑伞的女人领着一个也穿着丧服的小姑娘在火辣辣的骄阳下奔走之后写成的。《枯枝败叶》是一个老头儿带着孙子去参加葬礼。《没有人给上校写信》的成书原因是基于一个人在巴兰基利亚闹市码头等候渡船的形象。”而他著名的《百年孤独》，则是基于这样的目睹形象：“一个老头儿带着一个小男孩去见识冰块。那时候，马戏团把冰块当作稀罕宝贝来展览。”

这些作品背后不为人注意的细节，含藏着文学写作的某些密码。

三五九　西北诗人

在倾斜狭长如巨骨的西北甘肃，生活着数位我喜爱的诗人。几乎从无联系，却心存一份默默的注意。

我热爱这样的诗句：

“中亚细亚：遍地流金的那个傍晚／一枚迅速的箭——在宽阔的历史上飞行／／在黄金之丘，需要一个人抚摩大陆和生平。”（叶舟）

“大地的乳突：一座祭坛／一堆／肉色、神秘、静静辐射的石头／一座时间的仓库：光芒贮存，寂静敞开。”（阿信）

三六〇　火焰叙述，夜晚叙述

火焰叙述：语言是灼热的，明亮的，激烈的，美丽的，破坏的。

夜晚叙述：书写出的语言，则有心甘情愿的迷惘、沉醉和流泻；这种迷惘、沉醉和流泻的底下，是黑暗无垠的语词大海。

火焰的语言闪耀、发烫、充满激情。而承托火焰语言的，是黑夜的语言。黑夜，大海般的黑夜，辽阔陆地般的黑夜。整个国度的黑夜语言，坚实地承托并映衬了那些闪耀、发烫和激情。

三六一　释诗

浙江湖州老诗人沈泽宜先生（1933—2014），回忆在北大时他的一位老师向他解释什么是诗：

“诗，是一个人第一次见到这个世界时的惊喜，又是一个人最后告别这个世界时的悲伤。”

三六二　卡佛书房

喜欢并向往那种大、空旷而又简洁的书房、书桌——眼前自己的书桌局促零乱，专有书房则无。《巴黎评论》记者采访雷蒙德·卡佛时，所记述的卡佛书房，甚合我意：

“卡佛的工作室在二楼的一个大房间。长长的橡木书桌收拾得干干净净，打字机放在L形书桌拐角一侧。桌子上没有任何小摆设、装饰品和玩具……橡木书桌上有时放着一个牛皮纸文件夹，里面夹着修改中的小说。文档放置有序，他能随时从中取出某篇小说和它所有的早期版本。像房子里的其他房间一样，墙壁刷成了白色，而且，和其他房间一样，墙上几乎什么都没挂。光线从书桌上部长方形的窗户斜照进来，如同透过教堂顶部窗户照射进来的阳光。”

空旷简洁的写字环境，能够给翻涌的思绪以足够广阔的空间。

三六三　卡尔维诺与博尔赫斯

意大利的卡尔维诺（1923—1985）比阿根廷的博尔赫斯（1899—1986）小 24 岁，早辞世一年。在卡尔维诺的生命晚期，也即 1984 年，他写过有关博尔赫斯的一篇文章。在此文中，作为一名著名作家，他首先就向另一大陆的博尔赫斯表达了由衷的敬意："从我这一代人开始，过去二十年来从事创作的人都深受他的润泽。"

卡氏坦陈，他对博氏情有独钟的主要理由，是从博尔赫斯那里学习到了一种全新的文学理念，这种文学理念，"是一个由智力建构和管辖的世界。"

对于文学前辈博尔赫斯，卡尔维诺印象最深的是两个方面。

其一是"援引"。博尔赫斯喜欢旁征博引，文本由此衍生、繁殖。甚至，博尔赫斯有时援引的书籍，根本就是杜撰的。

其二是"时间"。卡尔维诺认识到博尔赫斯的文本中还存在"一种多重、枝杈状的时间"，"在这时间里每一现在的瞬间都分裂为两个未来"，"这是一种关于同时有多个宇宙的无限性的观念。"

南美大陆和欧洲大陆上的两个写作者，某种精神上的联系、延续与沟通。

三六四　人类的回忆属于想象的一部分

文本中的罗布－格里耶形象，即是真实的格里耶和虚构的格里耶这两种形象的交相混杂。他擅长将生活中的各种元素编织进自己的书中。“我想到自己时，会觉得我是由许多碎片拼成的。”或童年回忆，或他人故事，或感兴趣的文学人物，等等。虚构的人物他会感觉如此真实：“我也可以相信，我的祖父是我虚构出来的一个人。”

他这样阐述：“回忆属于想象的一部分。人类的回忆和单纯记录事件的电脑不同，而是想象的一部分，具备和创造发明同样的要素。”

他的理论依据，是17世纪的法国哲学家笛卡尔：“当我用足够多的能量幻想什么事情的时候，醒来后会分不清这究竟是梦境还是现实。”

罗布－格里耶。曾经到过中国。曾经在坠机中生还。曾经生活凄苦，无人愿意要他的小说，“居住的斗室中连放桌子的空间都没有，我只能在膝盖上写作。”曾经刻薄、不仁。

三六五　里尔克《秋日》汉译版本探讨

里尔克的著名短诗《秋日》，汉语译文众多，网上搜索一下，就有冯至、程抱一、陈敬容、杨武能、李魁贤、绿原、飞白、欧几、北岛等人的版本。仔细阅读比较，个人最喜爱的，是冯至译本。

冯至所译里尔克《秋日》全诗为：

主啊！是时候了。夏日曾经很盛大。
把你的阴影落在日晷上，
让秋风刮过田野。

让最后的果实长得丰满，
再给它们两天南方的气候，
迫使它们成熟，
把最后的甘甜酿入浓酒。

谁这时没有房屋，就不必建筑，
谁这时孤独，就永远孤独，
就醒着，读着，写着长信，
在林荫道上来回
不安地游荡，当着落叶纷飞。

为什么会认为其他译本不如冯至所译，以此诗最后一节为例，试说理由。

程抱一译文是：

没有居屋的，将不再建造。
原是孤单的，就此孤单下去；
念书，写信，或是苦守长夜，
他将久久徘徊，在林荫道上
飘零无尽的落叶间。

（“谁”也是一个鲜明的形象，冯至用“谁”字，塑造了一个统领此节的诗歌形象。程抱一缺乏统领。“居屋”不如“房屋”通俗，“不再建造”不如“不必建筑”，“孤独”比“孤单”更有形而上意味。“念书，写信，或是苦守长夜”不如“就醒着，读着，写着长信”，因为“念书”和“读着”相比较，“读着”显然比“念书”更宽泛，“读着”可以是读书，也可以说读的是书之外的其它东西。程抱一译文的最后两行还是相当不错。）

陈敬容译文是：

没有房屋的人，谁也不为他建筑，
孤独的人会长久寂寞，
会在无眠的期待中读书、写长长的信，

会在秋风蹂躏枯叶的街巷里
不安地踱来踱去。

（《秋日》的一些汉语译文是从英语转译的，“没有房屋的人，谁也不为他建筑”，估计理解的意思就有偏差，冯至是德语专家，应该是他的理解准确：“谁这时没有房屋，就不必建筑。”“孤独的人会长久寂寞”，既然是“孤独的人”，当然是“长久寂寞”，此句意义重复无味。整节的节奏感也稍逊。）

杨武能译文是：

谁此刻没有屋，就不会再造屋，
谁此刻孤独，就会长久孤独，
就会长久醒着，将长信书写，阅读，
就会在落叶纷飞的时节，
不安地在林荫道上往来踟蹰。

（首句缺乏诗味。“就会长久醒着，将长信书写，阅读”，这句的节奏完全不对，不符合人的说话习惯。“踟蹰”不如“游荡”或“徘徊”，虽然意思差不多，但“踟蹰”此词太偏，而且词的“能指”（词形）太模糊。）

李魁贤译文是：

如今谁无房屋，也不需要再建筑，
如今谁无伴侣，亦将长期孤独，
亦将清醒，阅读，而且写长长的信，
而且将在甬道上来回走步
不休止地，当黄叶飘零。

（开始两行，太实太生活化，没有冯至译文的简洁、深义。“也”“亦将”“亦将”“而且”“而且”，这种反复并无韵律之美，反而有累赘之嫌。译“林荫道”比译“甬道”更好，能照应后面的“黄叶”。）

绿原译文是：

谁现在没有房屋，再也建造不成。
谁现在单身一人，将长久孤苦伶仃，
将醒着，读着，写着长信，
将在林荫小道上心神不定
徘徊不已，眼见落叶飘零。

（“谁现在单身一人，将长久孤苦伶仃”，相对“谁这时孤独，就永远孤独”而言，还是实了。“徘徊不已”之中，其实已经包含有“心神不定”之义，重复。）

飞白译文是：

今日无房者，不再为自己造房，
今日孤独者，将长期会这样，
将会长醒，长读，写长长的信，
将会随着飘荡的落叶之群
在林荫道上彷徨，彷徨，彷徨……

（前两行译得很差，后三行译得还不错。但和冯至的译文相比，感觉冯译可能更接近于里尔克的语感，而飞白的后三行，已经把里尔克原诗的语感“化”没了。）

欧几译文是：

无家的人将长流浪。
孤独的人将长寂寞，
读书、写信将伴无眠，
也将踟蹰
林荫道上，当叶儿飘落。

（将里尔克的诗完全歌词化、中国古典诗词化了。）

北岛译文是：

谁此时没有房子，就不必建造，
谁此时孤独，就永远孤独，

就醒来，读书，写长长的信，
在林荫道上不停地
徘徊，落叶纷飞。

（北岛译文基本是冯至的模式，但似乎还是不如冯译。对照一下，差异最大的是第三行，冯至译为“就醒着，读着，写着长信”；北岛译为“就醒来，读书，写长长的信”。冯译节奏更为简捷顺口，还有就是“读着”比“读书”外延更为宽泛。）

——同样的内容，在汉语中竟然有如此之多不同的呈现方式。所以，对于运用汉语进行翻译或写作的人来说，努力要做的，就是尽量找到最准确的字词、最适合的节奏，而且，用这种字词和节奏拼接组装，最后还要传达出艺术深处无法用语言说清的那种微妙神韵。

西月

逝去之美

三六六 《叶隐》与三岛

《叶隐》一书，日本中世纪武士道的代表性原典，作者为山本常朝（1659 —1719）。此书在三岛由纪夫的思想和生命中占据极其重要的地位。三岛一直在寻找这样的书：“可以持续支撑我的，且成为我最重要也是最后凭靠的这一本书，应该是我道德上的基石并引领，我的也仅属于我的独自的青春可以给予全部而完整的理解，我的孤独并且抗拒时代的思想予以强而有力的支持，且单单这些还不够，它还必须是被战后这个平庸的时代所拒绝的书。”而《叶隐》此书，“回应了这全部的要求。”

三岛十分认同《叶隐》所崇尚的男性独特美学：谦恭、持重、沉静。三岛阐释此种男性美学：“男子有谦恭，则温润并广大的质素令男子有可依靠信托之感；与之相反的持重，则不怒自威，让人无从干犯；而涵咏这两种气质为一体的沉静，便是泰山崩于前亦不惊的淡定还有从容。”

读三岛解读《叶隐》的《叶隐入门》一书，隐约自感中国的《论语》似有《叶隐》的声音源头存焉，譬如：“君子不重，则不威”，“君子不忧不惧”，“刚、毅、木、讷，近仁。”而从三岛身上，又使我无端联想到我所敬重的、中国当代作家张承志的依稀影子。

三六七　岛国艺术家

岛国的艺术家。澎湃蓝色之大海围绕。文字中大海的气息和精神。平静，激荡。暴风骤雨。骤停而显的寂静。雄荡之力量。男性。——再读三岛由纪夫。

三六八　“混凝土比沙漠还要无情地吞噬着土地”

何多苓（1948年出生）：“混凝土比沙漠还要无情地吞噬着土地。”

何多苓痛心地引用一位美国诗人的话语：“文明像屠杀兔子一样屠杀了美。”

三六九　维姆·文德斯把《一次》献给厚田雄春

维姆·文德斯把他的书《一次：图片和故事》（维姆·文德斯著，宋新郁译，北京联合出版公司 2014 年 3 月第 1 版）献给日本人厚田雄春。

厚田雄春何许人也？文德斯这样介绍："他生于 1904，逝于 1992。他的全部职业生涯就是与小津安二郎合作，参与了他所有影片的制作。先是摄影助理，后来是跟焦员，再后来是掌机员，然后做了二十年主摄影师。小津安二郎于 1962 年去世后，忠诚的厚田雄春也同时终止了工作。"

如此具有古风的忠义之士，在当代中国，似已难觅。

侯孝贤在《重新再看小津安二郎》一文的结束时，也写到此人此事："昔日，文德斯也采访到厚田雄春。厚田说：'小津去了，我的心也跟他去了……我把人生的黄金岁月都给了他。我很高兴也许全世界没有一个摄影师能够像我这样，小津得到了我的最好的……'访问在厚田动容起来，不断抱歉，哽咽不成声中结束。"

三七〇　霍金及其联想

身体被宇宙的秘密和思想的重量挤压变形的史蒂芬·霍金（1942年出生），剑桥大学数学教授，人类中的畸人、奇人。

宇宙何时并如何起始？我们为何在此？为何自然定律被这么精细地调谐至让我们这样的生命存在？这位当代世界的伟大思想家，在替整个人类思索这些最基本又最尖端的问题。

读霍金和蒙洛迪诺的新著《大设计》，我不禁联想："天下万物生于有，有生于无"，"色即是空，空即是色"，"庄生梦蝶，蝶梦庄生"，它们是否都隐含有某种超前的科学性？

三七一 《诺阿，诺阿》

紫色的土地，“到处是金黄色、蛇一般蜷曲的树叶”，无尽铺展的蔚蓝色大海，还有岛上独特的女性：“她们身上散发出半是动物、半是植物的混合香味；同时，一种混合血液、栀子花，以及蒂亚蕾花的芳香，也从她们的头发里散发出来。”这就是42岁的画家高更（1848—1903）离开法国，到达南太平洋中的塔希提岛后的感官印记。

高更记叙岛上生活的文字《诺阿，诺阿》，充满了热带植物、深蓝海水和纯朴人类的肉体的旺盛气息。《诺阿，诺阿》全书以高更离岛返回法国作结。我觉得这个结尾高更写得非常好，内敛，节制，又深挚动人。抄录如下——

> 离开码头上船的一刹那，我最后一次看到泰瑚拉。
>
> 她已经哭泣了很多夜，现在，她悲伤地坐在一块石头上，但是很平静，她的两条腿垂了下来，双脚浸在水中。
>
> 她早上插在耳后的鲜花，已经凋落在她的腿上。
>
> 在那里，到处都有像她一样的人，疲倦的、安静的、忧郁的，就这样看着远去的轮船越走越远，就这样看着，没有一丝想法。
>
> 船越走越远，通过望远镜，我感觉我还可以透过他们的嘴唇，看出他们在说些什么：
>
> 温柔的微风啊，
>
> 轻轻掠过我们的头顶吧！

快到隔壁的小岛去。

在那里，你将会发现他的影子里有他最喜欢的树。

在那里，你将会发现弃我们而去的他。

请告诉他，你看到我们在哭泣。

三七二　一句话

心安则闹市如静室，

神宁则万人似空巷。

三七三　为什么不写小说了

在《马桥词典》中，韩少功（1953 年出生）表示：他写了十多年的小说，但已经越来越不爱读小说，也越来越不爱编、写小说了。而中国当代另一位优秀作家张承志，则似乎早已彻底放弃了小说这一文体形式。有记者就此采访了韩少功，韩表示了如下见解。

其一，现代小说这种形式，有了几百年历史，成熟了，丰满了，但也有些机能老化，甚至像唐诗宋词一样，会有作者和读者的审美疲劳。

其二，小说外部的技术条件和文化环境也在变化，当下各种现代传媒高度发达，小说最擅长的细节和叙事，已被诸如微博、电视剧等代替。“你不妨想象一下摄影出现时画家们怎么想……就是这意思。”

在这则访谈中，韩少功表达了对同行张承志的敬意：“张承志是个心里有大事的作家，精神性很强。”

三七四　江南饮食

无锡籍作家马汉在《水绘的人事》（江苏文艺出版社 2009 年 6 月出版）这册散文集中，涉及江南众多寻常百姓家的日常吃食，此书之中，宛然另外隐有一部《江南城市平民饮食史》。作家提到的江南饮食，约略展示如下：

> 糟扣肉。肉馅面筋。蛋饺。烘山芋。爆炒米。豆腐花。甜粥。煮玉米。粥。泡饭。面川条。咸汤瘪子团。炸皮脆黄、肉馅甜咸的玉兰饼。南瓜子。西瓜子。葵花子。长生果。糖果。油金果。红红的橘子。带着白霜的柿饼。油麻花。油条。烧饼。葱油鸡子大饼。酸梅汁（“喝的时候眉头微蹙，嘴里发出吸冷气的声音，以表示十分的幸福感”）。俗称为“老虫屎”的咸金枣。糖水橘子。糖水黄桃。寸金糖。金刚肚脐。腊烧片。梅花糕。茶叶蛋。萝卜丝饼。桂花糖芋头。羌饼。炸春卷。肉粽。青团子。馄饨（分开洋三鲜馄饨、手推馄饨、绉纱馄饨、扁馄饨之多种）。小笼馒头。生煎馒头。锅贴。油馓子。粢饭糕。猪油糯米糕。酸辣汤。鸭血粉丝汤。汤团。翡翠烧卖。羊肉汤。惠山油酥饼。韭黄炒年糕。酒酿圆子。糖炒桂花大栗。清蒸带鱼。炖肉龙松。蚌肉烧豆腐。茭白炒虾。

——琳琅满目，从中，亦可看出江南文化的一种繁复与精致。

三七五　海子手迹

首次看到海子的手迹。在金松林所著《悲剧与超越——海子诗学新论》（广西师范大学出版社 2010 年 12 月第 1 版）中，看到海子于 1987 年 9 月 17 日写、20 日抄的一首诗歌：《生日颂》。

海子的汉字笔画，像中国南方乡村尚未成熟却已折断的纤瘦树枝。少年树枝。海子的笔画间，深含一份秀细易折的命运。他的字，与雄浑、磅礴、刚毅无关；海子汉字所呈现的，是一种内敛、贫瘠甚至羞怯的南方性格。奇异的是，这种汉字所承载的诗人的巨大精神能量，又每时每刻在挣脱、爆破着这种字迹的束缚。

在这首《生日颂》中，我同样发现这样的海子式句子："我要成为一首中国最伟大诗歌的父亲"；"唯有痛苦，是我们永恒的财富"。

三七六　写作的量

说写作的量。阿多尼斯，1930 年出生于叙利亚，当代最杰出的阿拉伯诗人、思想家。截至 2013 年，他的写作体量是：出版诗集 22 部，文化、文学论著近 20 部。其所撰写的四卷本巨著《稳定与变化》，已被公认为研究阿拉伯文化思潮发展历程的经典之作。——写作体量，必需而重要。

阿多尼斯的首部中文版诗集《我的孤独是一座花园》，已由译林出版社出版（译者为薛庆国）。在那本黑封面的诗集封底，印着诗人的这四行诗句：

> 世界让我遍体鳞伤，
> 但伤口长出的却是翅膀。
>
> 向我袭来的黑暗，让我更加闪亮。
> 孤独，也是我向光明攀登的一道阶梯。

三七七　逝去之美

一则构想。

《幻湖》。诗歌。我个人的太湖传。个人的生命深受太湖滋养：出生在太湖之西的宜兴，求学于太湖之东的苏州，常走于太湖之南的湖州，谋生于太湖之北的无锡。太湖之水，我的生命之乳，真实不虚。

太湖流域，江南典型，地球上人类的一处美好生存之地。但近三十年来正在遭受不可逆的惨痛改变。《幻湖》，欲追忆并保留我个人，以及人类自然空间正在或已经流逝、丧失的美。

以环湖方位，《幻湖》分为四章。

西章：水滴中跃动火焰。（主要写故乡）

东章：古城夜。（主要写苏州）

南章：一个少年的夏天，空旷荒凉。（主要写湖州）

北章：泉。（主要写无锡）

提醒自己：既要写出独特的地域特征，但精神、气度又千万不能局限于具体地域。必须要有广度、深度，必须要有普遍性。

写作之时，时刻要有如下视野：

少年视野；

江南视野；

历史视野；

中国视野；

人类视野；

宇宙视野。

《幻湖》，全诗空间的基本色调是幽暗的，陈旧的。呈示一种清贫、农业、中国的逝去之美。

三七八　樱云

樱云。一树白色的樱云怒放。

人世间，谁曾注视过，这珍贵映耀的纯洁与美？

三七九 《寂火》

《幻湖》仍然局促。改《幻湖》为《寂火》。江南的少年史。地球上人类的少年史。追忆并保留人类自然空间和心理空间内已经或正在丧失的情感与美。

《寂火》结构仍为四章加跋。

首章：水滴中跃动火焰

次章：海夜

续章：一个少年的夏天，空旷荒凉

尾章：泉

跋

故乡与人类的火焰，贯穿于我童年与少年的火焰，是《寂火》这部诗集的主题意象。

火焰，亦是我自身的精神表征之一。

三八〇　现实杜甫

深刻感受到现实生活中杜甫的苦痛和辛酸。

首先是身体多病。“病”字在他的诗中反复出现：“万里悲秋常作客，百年多病独登台”；“名岂文章著，官应老病休”；“落日心犹壮，秋风病欲苏”；“亲朋无一字，老病有孤舟”。五旬年纪的杜甫已是诸病缠身：耳聋、右臂偏枯、疟疾、肺病、风痹、糖尿病、齿落。

其次是生活困窘：“残杯与冷炙，到处潜悲辛”，“强将笑语供主人”，“苦摇求食尾”。“乞食”与“被帮助”，是杜甫30岁以后生活的“主色调”。

这位伟大的中国诗人，他生命中最后诗作的标题是：《风疾舟中伏枕书怀》。风疾——寒冬疾风，舟中——湘江中的孤漂小舟，伏枕——因衰病不支而喘息伏枕——凄惨何如！

国家不幸诗家幸，诗人不幸诗歌幸，“诗人例辛苦，天意遣奔逃”——精神与艺术的辉煌，一定要用俗世生活的无限悲辛换得？敬拜于河南省巩义市邙山岭上的杜甫墓前，默然无解。

三八一　唯其如此，才有信心

一位著名的西方导演这样谈论这个世界的“影像”——他赖以安身立命的职业元素：“影像，是真理的印记，上帝允许我们以盲目之眼隐约看见。”“影像……宛如一滴水珠，所映射出的整个世界。”

“影像”真有这么厉害？也许并不见得。但我非常理解这位导演的此种认定。

出色的艺术家，对他所依凭的职业元素，总有一种近乎偏执，甚至盲目的信任与崇拜——譬如影像之于导演，色彩之于画家，旋律之于音乐家，文字之于作家——总是认定自己的这种元素，就是表达内心、反映世界的最厉害武器。

因为，唯其如此，自我才有信心，内在才会生成出创造的巨大欲望与力量。又想到陈舜臣（1924年出生）曾经说过：“对自己的文明具有绝对信心才会出现奇迹。”

引申到对语言的崇拜。布罗茨基热爱他的俄语：“俄语可能是寓居灵魂的最佳场所。”那么，我信仰的汉语呢？在我，汉语，才是真正的“真理的印记”，它所“映射出的”，才是“整个世界”。

戌月

海洋的动荡和大陆的稳固

三八二　直觉洞察

一个伟大作家，他对人心、对民族的文明史、对所置身时代的精神格局的把握，往往不是学者的分析式的，而是凭直觉，就拥有了一种深刻洞察。

三八三　映亮

在江西婺源的山间村落，我看见，稻的黄金之光，映亮门楣之上去年幽暗的燕巢。

三八四　闻道三种

“上士闻道，勤而行之；中士闻道，若存若亡；下士闻道，大笑之。不笑不足以为道！”面对真正的“道”，“下士”不去讥讽嘲笑，那才奇怪，那才“不足以为道”！

老子以其鲜明激烈的感情倾向，做出着他的判断。

三八五　较量

有时买一本书，并非是为了阅读，将它置于书桌一侧，目的只有一个：与之较量。

三八六　伤害与铜像

一位北方画家的如下话语，引我同感。

“一个城市、一个民族往往都是给了他的最可敬爱的人足够的伤害，而后发现了这个人，在怀着羞怯与惭愧中重新来塑这个人的铜像，并开始向世人宣称自己这个民族、这个城市的骄傲。”

“广袤无边的虚荣心啊，它让多少人不断‘挤’身于人类最最热闹的场所：体育盛会、音乐会、大型舞剧、大师作品展览……随后向人们来炫耀……而你听说过梵高参加过什么大型的晚宴吗？他被谁请去当过座上的贵客！”

庙堂之上衣冠楚楚，聚光灯下频频显身的当代“名人大师”，其实都是可疑的。

三八七　传统中的声音

中国传统中，我敬重并记取这样的声音——

陶渊明：“吾不能为五斗米折腰，拳拳事乡里小人邪！”

李白：“安能摧眉折腰事权贵，使我不得开心颜！”

不事权贵。自守清贫。深具独立傲拔之人格。尊敬的前辈如斯。

由此，又想到王国维的话：“故无高尚伟大之人格，而有高尚伟大之文学者，殆未之有也。”

只是，目力所及的当代，这种激动人心的傲拔之音、之行，已迹近稀缺。

三八八　村上春树词典

A. 朋友

采访者问："至今你也没有任何作家朋友？"

"是的，没有。"村上春树（1949年出生）答。

为什么？

"因为我想……保持距离。"

"我是一个独行者，我不喜欢团体、流派和文学圈子。普林斯顿大学有一个类似于快餐厅的地方，他们邀请我去那里用餐，在场的有乔伊斯·卡罗尔·奥茨，还有托妮·莫里森，我觉得非常恐惧，以至于吃不下饭。"

B. 写作

"我本人不喜欢现实主义风格，更喜欢超现实的风格。"

"我本人写小说的时候，事先并不清楚谁干了什么，我和读者处境相同。当我开始写一个故事，我根本不知道故事的结局，也不知道接下去会发生什么。即便故事一上来就有一桩命案，我也并不知道凶手是谁，我写这本书是因为我想去发现谁是凶手，如果我事先知道是谁干的，那么写这个故事就没有意义了。"

"当我沉浸在写作之中的时候，我可以同时体验到作者的感觉和读者的感觉。这是好事，它会加速我的写作，因为我和读者一样想要知道下面会发生什么。"

“当我写小说的时候，我会看到一个影像，那个影像非常强烈。”

“托尔斯泰试图进行全景式的描绘，而我则更关注细微之处。当你描绘细枝末节的时候，你就会把焦距调得越来越近，这和托尔斯泰的做法完全相反。”

C．作息

二十九岁开始写作时，是用午夜过后的时间在厨房的桌子上写。

写作阶段的作息时间：早晨四点起床。写五六个小时。下午跑步十公里或游泳一点五公里。晚上九点就寝。

D．记忆

“我觉得记忆是人类最重要的财富，它就像一种燃料，可以温暖你，也可以把你烧成灰烬。我自己的记忆如同一只柜子，柜子有很多个抽屉，当我想变成一个十五岁的男孩，我就打开其中某个抽屉。于是我看到了自己孩提时代在神户看到的风景，我可以嗅到那时的空气，我可以抚摸那里的土地，我可以看见葱绿的树木。”

E．理想

“我写小说的理想，就是把陀思妥耶夫斯基和钱德勒放在同一本书里。”

三八九　我的想象力倾向于：火

中国古代思想家将金、木、水、火、土五种物质视为世界万物的起源。与东方文明的这种“五行说”稍有不同，古希腊人将世界万物理解为四种元素：水、土、火、气。

据此，法国哲学家加斯东·巴什拉，提出了四元素诗学，认为：“文学作品的想象是由上述四种基础物质组成，作家的想象力通常倾向于其中一种元素。”

那么，在我，我的想象力通常倾向于的，应该是：火。

三九〇　热爱笔记本

保罗·奥斯特（1947 年出生）。他写过“穷途墨路”。这个词翻译得好：“墨路”，乃是“穷途”。他的第一本散文的书名是：《孤独及其所创造的》。他习惯手写。“键盘总是让我害怕……笔是一种基本得多的工具，你感觉到词语从你的身体里出现，随后你把这些词语刻入纸页。”

他热爱笔记本。他把笔记本视为“词语的房子”。在他的作品中，有人在红色笔记本上记录观察，有人在蓝色笔记本上写信，而在《地图结束的地方》里的主人公，一生则积累了七十四本笔记本，里面是“诗歌、故事、散文、日记、警句、自传体冥思，还有一篇未完成的史诗《流浪的日子》的前一千八百行”。——而我，正在两本墨绿色的厚笔记本上手写着《烧制汉语》。一种相合。

热爱的某位作家与其自身有何关系？他坦陈秘密：“他最深刻地对我讲话。他的想象力中有某种东西，似与我的想象力形成共振。”

而他自己，则这样写作：“我写的每本书都始于我称为‘脑中的嗡嗡声’的东西……对我而言，写小说的大部分力气都花在试图保持对那种嗡嗡声、那种节奏的忠诚之上。”写作者的这种直觉工作方式，我深为相信。

三九一　两种视角

刘震云（1958 年出生）转述，他在北大时，吴组缃、孙玉石先生跟他讲鲁迅和赵树理的区别：“赵树理的小说写得比鲁迅生动，但是他是以一个村庄的视角来看这个世界的，所以就出现了小二黑、小芹、二诸葛、李有才、三仙姑这样的人物，的确生动。鲁迅的小说没有赵树理生动，但是他是从世界的视角来看这个村庄，身后蓄水池的水决定了他们的深度和厚度。”

以村庄的视角看世界；从世界的视角看村庄。气象由此殊异。

确实，同样写春天菜花上方蜜蜂的飞舞，如果归结到这是童年难忘的乐趣，就局促狭窄；如果说，蜜蜂飞舞，似乎听见宇宙间，都布满了它轻微嗡嗡的回声——境界便与前不同。

三九二 “一个童年的我在看着排山倒海的人往前走”

刘震云写小说信奉“后退”。

“退到最后，是一个童年的我在看着排山倒海的人往前走。”这个“我”，还在往前走的人海里东张西望，跟人聊天。

“我越往后退眼前就越开阔……往后退眼前就像草原一样、大海一样无比的宽广。”

在排山倒海往前走的人海中持续后退，退成一个旁观者——这是一个有视像、有独特而强烈气感的说法，所以，我理解刘震云说的如下这句话，他并不是骄傲：“我有无穷的东西都在等着我去写。”

三九三　海洋的动荡和大陆的稳固

宇宙之中，我生活的地域位置，位于地球表面浩瀚太平洋和广袤亚欧大陆的交接处。

海洋的动荡和大陆的稳固，这是自然启示我的、个人所应具备力量的两种表现形态：

动荡——无尽创造之特征；

稳固——一个人必须坚守的某种精神和信念的内核。

亥月

烧制汉语

三九四　自己的国度，微型坚硬亦可

你正在建立但尚未拥有一个具备鲜明标志、独属自己的文学国度。一个真正成熟的作家，必有一个刻其强烈印记、散发独特气息、闪耀个人色彩的国度。这个国度，可以恢宏广阔，亦可微型坚硬。这个国度，必有强劲心跳和血的烫度。这个国度，应从你所安身的土地上生成、崛起。它并不需要，甚至拒绝众目注视。它热爱远远地独在僻地，它热爱在安宁孤寂中的独自强大。

切近的，鲁迅的国度，沈从文的国度，张承志的国度。遥远的，博尔赫斯的国度，艾特玛托夫的国度，马尔克斯的国度，富恩特斯的国度。鲁迅，尖锐倔硬的江南。沈从文，他洞彻城乡、人事的秘密。张承志，极其罕见地赢得不言的、坚实大陆的承托。博尔赫斯，我认为的强烈“东方感”。艾特玛托夫，天山和人性气息。马尔克斯，热带激发他想象飞翔。富恩特斯，宏大，俯视：墨西哥的五个太阳。

国度。自己的。微型坚硬。亦可。

三九五　寻找个人的语言形式

用离乱、凌厉、我行我素的语言，挑战既有的、正统的汉语规则。

个人性，个人风格，语言形式是极其重要的载体。

寻找不到个人的语言形式，那你所有的写作，只是在用公众的口吻说话。

对于语言的这种自觉，无法一蹴而就，必须经过长时间的写作实践，才会慢慢省悟、获得。

三九六　法

循法。逾法。破法。无法。无无法。

一任己心。

三九七　自身融汇传统的能量极度不够

自身融汇传统的能量极度不够。传统：中国的。西方的。民族的。故乡的。特殊领域的。诸籍存在，但“诸籍皆为我所备”的气度能量自身缺乏。

传统如汪洋大海：宇宙洪荒。泥巴造人。时光和水的古老隐喻。“逝者如斯夫”。月亮由七种宝石组成，表面凹凸不平，常有八万两千个工匠不停打磨。独异的生命，能在火焰中重生。天上诸灵。地底众神……

传统之大海动荡，但你仍只是立于陆岸。传统和你仍然水陆分明。你其实并不熟悉此一无垠大海，更休说化之，融之，掌控，运用。

自身渴望拥有一只集纳这海的神奇皮囊。随身携带，随时可拔开塞子，汩汩而饮。但你尚未拥有。目前，你所获知的传统都是零碎的、独立于你而存在的。它们被你学习、阅读，但并没有进入你的血液，化为你这一个体能够吸收的精神营养。

最高境界：传统之汪洋大海，在汲饮之后，应该浓缩为你身体内部的血液，深沉激荡，周流不息。

三九八　汉字能量

汉字能量。意指两个方面。

其一，汉字本身的能量。汉字，是日月山川人虫草木之精华。汉字是中国人提炼、发明并运用于日常的微型图腾。汉字隐具神性，所以，字成，“天雨粟，鬼夜哭”。汉字光明慈威。汉字正大避邪。

其二，运用汉字的能量。运用汉字的能量如何获得？核心非常简单：敬惜。只有洗净心手，敬惜伟大的汉字，它们才会真正融入你的笔端，释出本身深具的能量，为你再现已知，为你探索未知。

洞悉汉字本身之能量，并用敬惜之心手，来端正写字。这，就是你要做的。

三九九　火焰和大海

火焰和大海。再次说到。我的：火焰和大海。

这两种人类世界普遍性的元素，由个人的生命史观之，确乎又是只属于我的。初生的啼哭里，有咫尺处烧陶火焰的黄金光影在映耀；父母育我的、租借而来的贫瘠披屋，在盛夏和初秋，常被东侧太平洋的湿狂之风吹晃。

故此，我所置身的南方（江南）的组成元素，实质只有两种：火焰和大海。即使在陆地，那些春秋繁茂的花叶植被，在耳目观感中，也是深绿燃烧、墨绿动荡的火焰和大海。

因此，个人的南方（江南），是独特的，是异于他人的。

所以，个人的汉字，没有理由不具含火焰的烈性和大海的力度。唯有如此，才能不负自己承接的一份宿命馈赠。

四〇〇　东方作家身体深处的一个矛盾

“中庸”“中和”的东方哲学，其实妨碍写作。不偏不倚。不述不作。大音希声。大辩若讷。东方的儒道哲学，尽头处，是无言之静，是取消并超越写作。

而具体的写作，则需要强烈偏激的个人性（拒斥集体语言和思想，生发个人语言和思想），需要某种“恶”的能量。此种“恶”，即是勇于践踏既成法则，藐视所谓公共权威，一任己意，倾吐己心。

这是一个矛盾。潜隐于东方作家身体深处的一个矛盾。

四〇一　源泉词汇

火。稻。黑夜。大海。汉字——生发我诗歌的源泉词汇。

四〇二　血的能量

文字的七宝楼台，无论璀璨高矗，无论玲珑剔透，如果没有血，那是死的建筑。

素壁之上，栩栩如生的群龙都已绘就，如果没有血，就永远缺乏那关键的点睛之墨。

血的能量。一滴，仅仅只要一滴饱凝作家生命能量的血，渗浸入内，我们就会发现——

七宝楼台，顿时祥云缭绕，仙乐飘飘。

壁上之龙，顿时腾云驾雾，冲天而升。

四〇三　清洗语言

英国哲学家维特根斯坦也谈到“语言清洗”的问题：“有些时候，某种措辞必须从语言中撤走，送去清洗，然后，才可以将它送回到交流之中。”

公共领域的词汇，使用愈久，愈显油腻、蒙尘。从最高要求来看，一个作家所使用的词汇，最好都必须是他自己“清洗”过的。个人“清洗”痕迹越重的词汇，就越属于他私有。

而一个作家私有词汇的多寡，正显示着他个人风格的有无与强弱。

四〇四　“新绿溅溅”

北宋词人周邦彦（1056—1121）在《满庭芳·夏日溧水无想山作》中有句云：“人静乌鸢自乐，小桥外，新绿溅溅。”

初见“新绿溅溅”四字，顿时让我震惊、叹服！“新绿”与动词“溅溅”搭配，如此新异，如此生动，如此贴切，如此意韵丰满！语不惊人死不休，王国维推周邦彦为“词中老杜”，非是溢美。

“新绿溅溅”，炼词炼句真可谓到了极致。不过，这种在语言形式层面上的精雕细琢，其负面作用也是那么显豁：与汉唐雄浑、拙犷的气象相比，宋代的综合艺术格局，明显精致了、弱小了。在当代，此点也应令我警惕。

四〇五　东西方文字的区别

对于东西方文字的区别，饶宗颐（1917 年出生）以一言蔽之：“西方文字只能听，不能看；东方能听、能看。”由此，两种文字的高下，自可判别。

为自己是伟大汉语的使用者而心生感恩。

四〇六　词：稻

麦，已被海子占有。

个人想占领的，是这样一个南国的词，让它属我私有：稻。

四〇七　词汇功力

词汇功力，一个作家立身的基本要素。欲从当代汉语文学的学习中增进个人的词汇功力，这已经是近于无望。唯有中国古典文学，才是深厚的、被当代人遗忘的汉语词汇富矿。开挖进去，浸淫其中，词汇功力，自会渐增。

像唐朝李贺的诗中词语：颓绿，凉旷，浮媚，凄寂，幽泪，轻妍，碧火，幽寒……用字并不生僻，然而由这些汉字组成的词语，却淋漓尽致地呈现了汉语幽微精妙的表现力——遗憾的是，当代汉语中，类似词汇，已近乎失传。

四〇八　洞悉

陕西李汉荣是一位识见深刻却隐居不彰的当代写作者。数年前的那次无锡夜聊，其畅谈之尽兴，至今记忆犹清。读他寄赠的《李汉荣散文选集》（百花文艺出版社 2011 年 7 月第 1 版），其中谈及语言的部分，令我至为认同。

汉荣兄清醒地认识到，当代汉语所面对的，“是陈腐的语言军团、垃圾军团的多重围困，要突出重围，它必须战斗，甚至肉搏，才能杀出一条血路”，“当我们终于读到一个令人耳目一新、触及心灵的充满新意的句子，我们应该知道：这是从词语的密林里、从语言的沙场上冲杀出来的勇士。”汉荣凭个人敏锐的眼光发现，这样的语言身上，是带有“血泪和伤痕”的，只是这种“血泪和伤痕”并不寻常可睹，它们“已经折叠成语言的特殊结构，折叠成一种句式”。汉荣的如下话语是一种洞悉，对当代汉语内在深度的独特洞悉：“对审美活动深度还原，就会发现，美感后面的生命痛感和悲剧根源。一种有深意的诗性表达，或者是一个文本，或者仅仅是一个句子，都有着类似的特征。”汉荣的这种洞悉，令我震惊，也让我替饱经沧桑的当代汉语略感欣慰。

四〇九　具有神性的异类

真正的作家，是隐于人世之中，极少数具有神性的异类。

为什么说他具有神性？因为他凭借想象，能够完成创造——创造俗世生活中没有的人、事、物、景，创造独立于俗世生活之外的、另一重或数重瑰丽的主观世界；因为他凭借恢宏的想象力，可以穿越时空，使自己的目光具备透视、幻视的能力；因为驰骋想象的他，既能省察过去、确证当下，又能预示未来。

想象之恢宏，亦分两种：大，包容宇宙；小，纳须弥于芥子。微小如芥子者，在真正的作家视之，内部也有重重无尽之恢宏境界。

——写作由此无穷无尽。

四一〇 “文学是一种永恒的反叛形式”

曾先后娶其“姨妈”和“表妹”为妻的南美作家马里奥·巴尔加斯·略萨（1936 年出生），敢于对抗世俗生活法则，我行我素；在文学上，这位诺贝尔奖获得者同样始终充满“反叛”精神，以下是他在 31 岁（1967 年）时讲的话：

“文学是火，意味着不趋附，不屈从，作家的存在理由便是抗议、反对和批判……文学是一种永恒的反叛形式，不能接受束身的囚衣，任何意在折其愤怒和反抗之天性的企图，都注定遭到失败。文学宁可去死，也决不会服从。”

四一一　天马行空

天马行空。向往这种个人能量。

此种能量，意即你的手中之笔，能够上天入地，往来古今；能够化实为虚，致幻成真；能够至小无内，至大无外。

天马行空之际，你又必须随时要有：戛然而止的节制之力。

四一二　烧制汉语

烧制汉语。

像故乡用火焰烧制泥坯的紫砂陶器一样——

烧制，带有个人生命手痕的汉语词汇；

烧制，属于个人，并奢望着奉献世界的无尽之书。

烧制汉语

跋：自画像

我的出生地，在江苏省宜兴市丁蜀镇，这是苏、浙、皖三省交界处的一座烟火乡镇，也是世称的中国南方陶都。终日用火焰烧制陶器，是此地域的人类生产特征。

在光焰熊熊的窑火之前，父亲移动或劳作时被映红映烫的瘦小身影，是我印象至深的童年画面。于我而言，承继父亲的方式，“烧制”，也是我的宿命。只不过，我用己身的心血烧制的，已不再是陶器，而是笔底的汉语。

此书的本质，可以说是一幅我内心的自画像。感性与理性，激情与想象，历史与语言，生活与文学，寂冷与灼烫，生命与宇宙……在写作的瞬间，它们混杂着迸溅喷涌，最终，凝定成此刻的书册。

中国古代笔记和西方哲学札记，这两种形式的交融采撷，使得本书获得了简洁。而借天干地支的方式来结构全书，亦是以此，表达个人对祖国传统的一种深深敬意。

黑陶

图书在版编目（CIP）数据

烧制汉语 / 黑陶　著 . — 北京 : 东方出版社 , 2016.1
（生命呼吸 · 当代散文名家丛书）
ISBN 978-7-5060-8927-2

Ⅰ. ①烧…　Ⅱ. ①黑…　Ⅲ. ①散文集 – 中国 – 当代　Ⅳ. ①I267

中国版本图书馆 CIP 数据核字 (2016) 第 009874 号

烧制汉语
（SHAOZHI HANYU）

作　　者：黑　陶
策 划 人：张　杰
产品经理：赵颖畅
责任编辑：赵颖畅　王丽娜
出　　版：东方出版社
发　　行：人民东方出版传媒有限公司
地　　址：北京市东城区东四十条 113 号
邮政编码：100706
印　　刷：香河利华文化发展有限公司
版　　次：2016 年 3 月第 1 版
印　　次：2019 年 5 月第 3 次印刷
开　　本：710 毫米 ×1000 毫米　1/16
印　　张：24.25
字　　数：200 千字
书　　号：ISBN 978-7-5060-8927-2
定　　价：56.00 元